FARFALLE

Carlo
Calabrò

Meccanica di un addio

Marsilio

Questo libro è un romanzo ed è opera di fantasia. Però, dato che in Brasile tutto può succedere ed è già successo di tutto, è bene chiarire che eventuali riferimenti a persone realmente esistite o esistenti, a luoghi reali e a fatti realmente accaduti sono puramente casuali.

Prima edizione: ottobre 2024
ISBN 978-88-297-9014-2
www.marsilioeditori.it

MECCANICA DI UN ADDIO

A Irma,
che mi ha salvato dalla foresta.

I

Le fiamme di un incendio, in lontananza, aggiungevano toni giallastri a un tramonto già fin troppo variopinto. I colori dell'Amazzonia, gli stessi di cui si era innamorato qualche anno fa, oggi all'ingegner Florian Kaufmann invece davano fastidio. Troppo teatrali, troppo brasiliani: quando era di cattivo umore, del Brasile vedeva soltanto i difetti. Tutta quella esuberanza buttata là, senza un vero perché. «*Deus é brasileiro*» dicono i locali per vantarsi di tanta bellezza naturale. Sarà pure onnipotente, pensava l'ingegnere, ma che sciatteria. In tutte le schiere di angeli, arcangeli, principati e potestà, neanche uno che ne capisca di design? O per lo meno che rimetta in ordine ogni tanto?

Senza una bava di vento, il fiume era talmente placido che non se ne sarebbe potuto indovinare il senso di scorrimento. La zattera di raccordo lo attraversava lenta, con un cupo ronzio. Kaufmann scese dal posto di guida del suo pick-up e accese una sigaretta. Pensò alla cicca accesa che doveva essere stata buttata laggiù, al centro del rogo. Un incidente, certo. Una cicca o magari un pezzo di vetro al sole. La foresta prende fuoco facilmente, in questa stagione. Soprattutto se è intrisa di gasolio. Un disgraziato incidente, come al solito, e poi tanto spazio per il bestiame dove la foresta non può più ricrescere. Un incidente come quello che capitava due volte l'anno anche a lui, quando doveva eliminare i residui di segheria dal patio senza passare per le lungaggini della Segreteria statale di protezione dell'ambiente: Ramiro passava di là, la cicca in un angolo della bocca, e poco dopo veniva a spiegare del tragico incendio. Gli unici che obiettavano, talvolta, erano gli assicuratori, a San Paolo e a Zurigo, ma visto che di danni materiali non ne chiedeva mai, alla fine abbozzavano anche loro, e aumentavano sia pur marginalmente il prezzo del premio annuale. Aveva anche pensato di non dichiararli, gli incendi. Ma per una certa superiorità tracotante da vero gringo, gli risultava difficile mentire in un'autocertificazione in tedesco, quando invece in portoghese era pronto a giurare il falso davanti a un notaio.

La zattera toccò la sponda opposta del fiume, mentre Kaufmann spegneva la cicca sotto lo stivale.

«E anche oggi i pontieri non li abbiamo visti, vero Carlinhos?»

Il manovratore Carlinhos era un uomo bassino, robusto, senza collo e senza età, come tanti nella foresta. A considerarne le rughe del viso, avrebbe potuto avere oltre sessant'anni. L'agilità e la forma fisica ne suggerivano però una trentina abbondante in meno. Carlinhos rise. «Doutor, non li vedrà mai neanche mio figlio Josué, i pontieri!»

«E meno male. Altrimenti che gli fai fare quando diventa grande?»

«Veramente la zattera la sa portare già.»

«Ma se ha quattro anni!»

«E appunto. L'anno scorso ha cominciato. Magari da solo di notte non lo lascio andare, ma di pomeriggio se la cava tranquillamente.»

«Meglio così. Se fanno il ponte, i camion passano più facilmente.»

«E a lei non conviene, Doutor?»

«Sì. Ma conviene di più ai Kowalski, che oltre ai legnami hanno le vacche. E poi coi camion prima o poi diventa conveniente anche coltivare la soia, e appena comincia la soia, in meno di dieci anni non rimane più un albero in tutta la regione.»

Carlinhos annuì, più per educazione che per comprensione: le preoccupazioni ecologiste erano soltanto un'altra delle tante eccentricità di quel gringo – in Brasile è gringo qualsiasi straniero, non solo gli americani –, come il blazer di lino blu. In assenza di altri passeggeri in attesa, da un lato o dall'altro del fiume, decise di fare una pausa.

Kaufmann gli offrì una sigaretta e rifiutò in cambio un sorso di birra. Si ricordò delle tavolette di cioccolato comprate in città e ne allungò una al manovratore, per Josué. Risalì, mise in moto, salutò Carlinhos con un cenno e ripartì lentamente lungo la seconda metà dello sterrato, pomposamente battezzato Transpacífica da un governo più comunicativo che efficace.

Transpacífica. Ogni volta che la percorreva, più o meno settimanalmente, Kaufmann pensava ai camion di soia che sarebbero dovuti passare di là, provenienti da aree già ampiamente disboscate e quindi "sviluppate", per poi caricare – in Perù! – le navi per la Cina. Pensava ai camion, guardava la strada, e rideva. A ogni passaggio sulla zattera chiedeva a Carlinhos notizie dei famosi ingegneri cinesi che avrebbero dovuto costruire, secondo il governo, un bel ponte a tiranti su quel tratto d'acqua, per accelerare il passaggio. Non si erano mai visti, naturalmente. Ma non si erano mai visti neanche i camion di soia, se è per questo: soltanto un pazzo avrebbe scelto di passare di là, se non per caricare legname o carne. La zattera, alla fine, non era neanche il tratto più fastidioso del percorso, rispetto alle voragini e alle pietraie della strada sterrata che la precedeva e che la seguiva. Solo il tratto dall'approdo di Carlinhos al villaggio, con un camion carico, si percorreva in oltre tre ore. E d'altra parte soltanto un pazzo, o uno stupido, avrebbe potuto comprare una segheria a oltre duecentocinquanta chilometri di sterrato dalla città più vicina. Pazzo, si ripeté. Pazzo e in fuga dalle responsabilità eccessive della sua vita a San Paolo, dal rapporto con Diana e dal fantasma di Marta. Stupido no, invece, non pensava certo di esserlo. Ma sperava di trovarne uno, uno stupido per davvero, cui ripassare il problema quanto prima.

La furia dell'incendio non accennava a diminuire. Troppo giallo, pensò l'ingegnere: chissà quanto gasolio avranno usato. Le fiammate del legno amazzonico, quando il combustibile fossile ormai è esaurito, sono molto più arancioni, talvolta anche rossicce. Troppo vicino al villaggio, poi: ma perché quello stronzo del Polacco non brucia qualche ettaro più in là? Alla fine, se è per mettere altre vacche al pascolo, mica è necessario che lo faccia dietro al cortile di casa, no? Kaufmann rallentò, mise in folle e tirò il freno a mano: non ci si occupa della radio con il mezzo in movimento. Se non si fa in Svizzera, non è bene farlo neanche in Amazzonia. Scelse un cd da una custodia etichettata CATTIVO UMORE (quella etichettata BUON UMORE era rimasta per sempre a San Paolo, a casa di Diana: e con il disco, forse anche lo stato d'animo). I Dire Straits lo accompagnarono per le due ore restanti di sterrato, verso l'incendio ai margini del villaggio. Duecentoquindici anime senza un vero perché. Duecentoquattordici, anzi. La sua non la contava: in parte perché all'anima non ci credeva, e in parte perché preferiva considerarlo un soggiorno temporaneo, benché più lungo del previsto. Temporaneo sì, ma di cruciale importanza. Il mondo fa schifo ed è sbagliato, e per aggiustarlo ci vuole uno come Kaufmann, per dimostrare che è possibile l'impossibile: fare impresa (e soldi) onestamente, in Brasile, valorizzando i legnami ma allo stesso tempo proteggendo la foresta.

Mentre guidava, ripensava a tutti i piccoli e grandi tentativi di frode compiuti ai suoi danni, e li percepiva come uno sforzo collettivo, organizzato per approfittare della sua buonafede di gringo. Evitando però, con un po' di ipocrisia, di mettere in lista anche gli episodi in cui delle "flessibilità" brasiliane aveva approfittato lui. Ogni volta che aveva allungato una banconota a un usciere per saltare una fila, ogni volta che aveva pagato delle "consulenze professionali" erogate dalla sorella di un funzionario pubblico che gli doveva approvare un permesso, ogni volta che aveva emesso una fattura in meno, Kaufmann aveva perso un pezzetto in più del suo supposto rigore morale, e imparato un trucco in più nel gioco della sopravvivenza e del successo ai tropici. Sua madre non avrebbe certamente approvato. Ma d'altra parte, non è che sua madre approvasse mai granché, di tutto quello che faceva.

Intanto però la posizione passiva dell'impresa l'aveva messa sotto controllo, e senza nessun trucco brasiliano. Il commercialista aveva proposto di tutto, dalla bancarotta intestata a una vedova in un villaggio remoto (aveva detto proprio così il dottor Fabiano, un villaggio remoto, come se invece Araxá do Oeste fosse il centro del mondo) a una mezza dozzina di programmi di sperpero strutturato di denaro pubblico. E, soprattutto, aveva suggerito ancora una volta di venderla, l'impresa, di arrendersi e limitare le perdite. Questo non è un paese per principianti, aveva detto il commercialista, e non ricordava di chi fosse la frase. L'ingegnere – che Tom Jobim lo conosceva, grazie a Diana – aveva fatto un po' l'offeso: principiante, io? Poi era andato via da Araxá per qualche giorno, promettendo di tornare in meno di una settimana dalla città con una soluzione per le cartelle esattoriali incombenti. Ci aveva messo meno di tre giorni. Aveva proposto una ristrutturazione dei debiti bancari talmente ben fatta che non gliel'avevano potuta rifiutare: un dossier così non l'avevano visto mai, in tutta la regione. E ne avanzavano soldi sufficienti per l'apporto iniziale al pagamento rateizzato dei debiti con l'erario. Alla faccia del dottor Fabiano, e di tutti i brasiliani che lo consideravano un principiante. In fondo, pensava, i brasiliani considerano tutti noi gringos dei principianti, senza distinzioni. Gliele insegnerò io, le distinzioni, si diceva. Triplicare il fatturato in meno di sei mesi, per poter mantenere i pagamenti al fisco e alle banche, per un gringo come me sarà facile: basterà vendere legnami all'estero, a prezzi e volumi da esportazione, con la garanzia della tutela dell'ambiente e della foresta.

Immerso nelle sue riflessioni, Kaufmann ci mise insomma un po' troppo a capire dove fosse l'incendio. Passata la Pousada da Estrela e l'officina meccanica di Pedrão, sul finale di un assolo di chitarra di Mark Knopfler, finalmente si rese conto. C'era poco da accelerare, quel tratto di sterrato anche nella stagione secca era comunque impraticabile al di sopra dei dieci km/h. Sei lentissimi chilometri di buche, vallette e dossi più in là, Kaufmann scese dal pick-up nel patio della sua segheria gridando: «Ramiro, che cazzo hai fatto? Che cazzo stai facendo?»

Con un tubo da giardino in mano, la parabola triste di un fiotto troppo fievole che a malapena avrebbe potuto far fronte a un barbecue fuori controllo, Ramiro lo guardava rassegnato: «Doutor, io più di questo non posso fare, cerco di evitare che arrivi alla casa e agli uffici» spiegò, indicando due poveri estintori, inutilmente svuotati e lasciati per terra. «Due ore fa è cominciato dal fondo del capannone, poi ha raggiunto il serbatoio del gasolio, ha fatto un gran botto e le cuoche sono svenute. Tutte e due.»

Florian Kaufmann valutò rapidamente la situazione. Scosse la testa. «E certo che ha fatto un gran botto, Ramiro. Però adesso un minimo di buonsenso. Per passare dal capannone alla casa, l'incendio deve attraversare il patio dei tronchi e dei legnami, che per fortuna è ancora abbastanza vuoto. In realtà l'unica cosa da fare in questo momento è aspettare che si spenga da solo, e poi cercare di capire com'è successo.»

E anche cercare di capire cosa farne, di una segheria

andata in fumo, perché da salvare probabilmente non ci sarebbe stato niente o quasi. Altro che legnami all'estero.

Kaufmann chiuse il rubinetto: «Così per lo meno domani mattina la doccia me la potrò fare.» La doccia del mattino, per l'ingegnere, era un rituale dai significati molteplici, talvolta anche in apparente conflitto tra loro, e stratificati come una roccia sedimentaria. Alla base, l'ovvia necessità pratica di lavarsi spesso di dosso la terra rossa, il sudore e il pregiudizio locale sul fatto che gli europei non si lavano abbastanza. Poi la routine mattutina era un ottimo momento per osservarsi e rassicurarsi: va bene, i quaranta sono passati, ma la forma c'è ancora, eccome. Quasi meglio di quando giocava a tennis al liceo. Si pesava anche, dopo essersi asciugato sommariamente per non contare l'acqua e subito prima di radersi. Ottantadue chili, fissi da anni, che per un metro e novanta andavano più che bene. Ripeterselo ogni mattina era utile per mantenere una sorta di connessione ideale con una vita precedente nella quale il suo aspetto fisico aveva una certa importanza. E dove c'era chi ci teneva. Continuava perfino a mettere il gel ogni giorno, per tenere in ordine i ricci biondi, forse ormai troppo lunghi per la sua età, sicuramente troppo lunghi per la foresta. E continuava a indossare la camicia, fin troppo spesso rispetto alle necessità dettate dal clima e dalle convenzioni sociali. Celeste, di solito, oppure rosa, ma con il colletto e i polsini bianchi a contrasto, come a sottolineare un'alterità orgogliosa. Gringo, eccome.

«La vuoi una sigaretta, Ramiro?»

«No, grazie, Doutor, io fumo solo quando devo dare fuoco alla catasta degli scarti, avevamo detto di farlo il mese prossimo.»

La mattina dopo il capannone era ridotto a un cumulo di lamiere e cenere, ancora calde, da cui non si sarebbe potuto recuperare quasi niente di valore: né macchinari, né attrezzature, né tantomeno informazioni sulla dinamica dell'incidente. L'acqua della doccia era bastata appena, e Florian Kaufmann aveva dovuto rinunciare a sbarbarsi. Poco male, non ci avrebbe fatto caso nessuno. Non ci faceva mai caso nessuno.

«Doutor?»

«Dimmi, Ramiro.»

«Cosa dico agli operai?»

«E che cosa vuoi dire, scusa? Occhi non ne hanno?»

«Certo. Ma anche bocche. Vorrebbero sapere se la colazione c'è lo stesso.»

«Le cuoche l'hanno preparata?»

«Cleide è ancora sotto shock e sta nella sua stanza. Prega la Madonna del Perpetuo Soccorso.»

«E Angela?»

«Sta facendo da sola, ma ancora non ha finito.»

«Aiutala tu, che io vado a parlare con Cleide. Ma prima tranquillizza gli operai, le bocche le riempiamo, certo che le riempiamo. Poi però avrò bisogno degli occhi e delle orecchie di ognuno per capire cos'è successo ieri: sono tutti qui?»

«Manca solo il vecchio.»

«Di' a sua moglie di buttarlo giù dal letto.»

«Doutor, il vecchio ieri ha finito due bottiglie di cachaça da solo.»

«Non è una novità. Beve più del povero Arturo. Dille di buttarlo giù dal letto e metterlo sotto la doccia. E quando arriva gli dai un badile e lo spedisci a spalare cenere finché non si riprende.»

«Cleide?» Kaufmann cercò di chiamare con delicatezza, mentre la cuoca piangeva sul sandalo sinistro di una statua di gesso, poggiata su una specie di altarino fatto con una tovaglia ricamata alla buona, su una vecchia lavatrice in disuso.

«Oddioddioddioddioddiosalvacisalvacisalvaci!»
«Cleide?» riprovò Kaufmann.
«Miasignoradelcieloabbipietàdimenonsondegna!»
«Cleide!» gridò, e le mise una mano sulla spalla.
«Aaaaah!» La cuoca fece un salto e sbilanciò la statua. Kaufmann la prese al volo. Cleide, le mani nei capelli, si inginocchiò.
«Mancava solo questo! Mia signora Iemanjá! Non volevo farvi cadere! Pietà di me, pietà di noi! Un anno! Prometto! Stavolta un anno intero!»
«Non è la Madonna, questa?»
«È la stessa cosa, Iemanjá e la Madonna, i due nomi della nostra santa madre del cielo!»
Florian Kaufmann assentì senza convinzione. Una divinità in più da aggiungere al pantheon di tutte quelle in cui non credeva.
«Adesso però calmiamoci, su.»
«È colpa mia. Colpa mia! Avevo fatto voto di un mese, e l'ho rotto, e il cielo si vendica!»
«Cleide, al cielo di cosa facciamo a letto non gliene frega assolutamente niente.»
«Ma noi facciamo certe cose zozze che io lo so benissimo che non si fanno.»
«E chi l'ha detto che non si fanno?»
«Gesù me l'ha detto.»
«No. Proprio Gesù, no. Te l'ho anche già spiegato, che nei vangeli su queste cose non c'è scritto niente di niente, ti ricordi?»
«Padre Romero però dice di sì.»
«E tu leggili per conto tuo e vedi chi ha ragione.»
«Ma se non so leggere!»
«E allora ti devi fidare. O di me, o di padre Romero. Ma in ogni caso smettila di fare voti, che tanto comunque li rompi.»
All'ingegnere della sensibilità spirituale di Cleide im-

portava poco. L'analfabetismo gli forniva una comoda scusa per considerarla – ingiustamente – una stupida. Lei, e quasi tutti gli altri dipendenti della segheria. E non c'era Diana, lì ad Araxá, per controllare i pregiudizi di Kaufmann con le sue rapide e taglienti lezioni di Brasile e umanità. Comunque, sempre meglio Cleide di Andressa Kowalski, la dirimpettaia con cui aveva avuto una breve relazione nelle prime settimane ad Araxá, interrotta un po' bruscamente quando Kaufmann aveva realizzato che un marito geloso col fucile è un rischio da prendere sul serio, in Amazzonia. A maggior ragione considerando che al Polacco, per quanto ancora ignaro della tresca, già non mancavano ragioni per volergli tirare una fucilata.

Non ci fu bisogno né degli occhi, né delle orecchie degli operai per identificare il principale sospettato per l'incendio. Mentre ancora facevano colazione, approfittando di un tempo più lungo del solito, visto che la sirena del turno delle sette era bruciata col resto del capannone, Florian Kaufmann vide arrivare il Polacco dall'altra parte della strada, con un'espressione di circostanza stampata sul viso, quasi a coprire – male, però – l'inevitabile soddisfazione per la disgrazia di un rivale. *Schadenfreude*, si diceva così perfino in portoghese. Non che ad Araxá lo sapessero, ma qualcuno a San Paolo forse sì. Anselmo Kowalski era in tenuta da gran visita, con una camicia e un paio di stivali meno sporchi del solito, e col cappello della domenica.

«Buongiorno, Anselmo.»

«Florian carissimo, ho saputo.»

«Sei venuto a constatare di persona?»

«Mah, c'è poco da constatare, un incidente come questo ti porta via tutto.»

«A te veramente di solito gli incendi più che portare via aggiungono. Terra per le mandrie, no? Altro che questi cazzo di alberi.»

«Gli alberi servono anche a me, gringo.»

«E quando ti danno fastidio però li bruci. Forse anche la mia segheria dava fastidio a qualcuno. Chissà a chi?»

Il Polacco fece una faccia di finta sorpresa, fin troppo esagerata. «Ma veramente? E chi può essere stato? Dici che Ramiro te l'ha fatto apposta? Ma dai, su, non credo, in tutti gli anni che ha lavorato per me non avrebbe mai...»

«Negli anni in cui ha lavorato con te, Ramiro ha imparato a fumare una sola sigaretta ogni tre mesi, vicino alla catasta degli scarti di lavorazione, alla vigilia dei controlli ambientali. Che però non era ieri.»

«Eh, lo vedi come l'ho addestrato bene? Poi un bel giorno arriva un gringo, e me lo porta via...»

«Non è colpa mia se lo pagavi una miseria. Non c'è neanche voluto molto.»

«Troppo, comunque. E adesso ci dovrà rinunciare, poveretto. Spero non si sia abituato a certi lussi. Io più del salario di prima non gli do, e anzi dev'essermi grato se me lo riprendo. Ma dovrà abituarsi a prendere ordini da Maicol, che prima era il suo aiutante...»

Certi lussi, secondo Anselmo Kowalski, erano il fatto che Florian pagava affitto e paghetta del figlio di Ramiro per farlo studiare in città. Aveva insistito molto, e inizialmente Ramiro non si fidava: perché il nuovo capo gringo voleva mandare per forza suo figlio in città? A cosa gli serviva? E comunque non capiva cosa insegnassero a scuola che suo figlio non potesse imparare anche ad Araxá, magari da padre Romero, mentre dava una mano in casa e al lavoro. I discorsi sull'importanza di un'educazione formale, di una prospettiva per il futuro, di una visione più ampia non avevano su di lui nessun effetto. Kaufmann ne fece una questione personale, che alla fine Ramiro derubricò come una delle tante eccentricità del gringo: il ragazzino sarebbe andato a studiare in città, prima o poi sarebbe stato utile, fine del discorso.

Dopo tre anni di vita quotidiana ad Araxá e di quotidiana concorrenza sleale da parte dei fratelli Kowalski, la gestione Kaufmann di diverso dalla precedente aveva senz'altro una dose di buonsenso amministrativo e finanziario in più, ma per il resto c'erano poche differenze di fondo. Una fattura in meno era un po' di cassa in più, un operaio in nero era un bollettino di contributi in meno da pagare, un assegno a un ispettore era una settimana di fastidiosissimi controlli evitata. Tre anni dopo, a tenere alta la bandiera dei grandi valori morali di Kaufmann, era rimasto praticamente solo Marcelinho, il figlio di Ramiro, con la sua quasi borsa di studio per le superiori in città.

«Ramiro sta benissimo qui, non preoccuparti.»

«E a fare che? A spalare cenere?»

«Certo. A spalare cenere, guarda quanta ce n'è. E quando ha finito di spalare, mi aiuta a ricostruire.»

Una risposta che il Polacco certamente non si aspettava: «A ricostruire?» chiese.

«Ci vorrà un po', la stagione ormai la perdiamo, ma tanto nel patio dei tronchi, nella foresta, abbiamo soltanto essenze dure: quelle possono resistere tranquillamente fino alla fine delle piogge.»

«Ma ci vorranno mesi, gringo!»

«Almeno sei.»

«E ci vorranno milioni!»

«A occhio, almeno due.»

«E ce li hai?»

«E secondo te discuto delle mie finanze con uno che sperava di vedermi incenerito sotto al capannone?»

«Non dico che mi dispiaccia di vedere la tua segheria in fumo, ma non arriverei a bruciarti.»

«Ah, benissimo. Io no, ma il mio capannone sì. Rassicurante, direi.»

«Ma come ti permetti?»

«No, per carità. Se dici che non c'entri niente, non c'entri niente. Ci mancherebbe altro.»

Una pausa di silenzio. Il Polacco lasciò cadere la questione e arrivò al dunque della sua visita.

«Senti, Florian, stavo pensando una cosa. Quella pialla a sette assi che ti dovevano consegnare il mese prossimo...»

«E tu che ne sai?»

«Hanno provato a venderla anche a me.»

Florian rise.

«Tu sei troppo spilorcio e non l'hai voluta, ma ora hai cambiato idea e speri di prenderla per pochi soldi da me. Ho indovinato?»

«Io sto attento ai soldi. Però, se ti può essere d'aiuto, magari per pagare i lavori del capannone, io un'offerta te la posso fare.»

«No, grazie, quella pialla andrà nel capannone nuovo. E se arriva troppo presto, la faccio installare anche in camera da letto, se necessario.»

«Gringo, pensaci. Ti conviene vendermi la pialla e i diritti forestali e tornartene in Svizzera. Più facile, costa meno, risolvi tutto in una volta e ti levi dalle palle, ché qui non è un posto adatto a te.»

«Che non è un posto adatto a me è verissimo. Ma i debiti che mi ha accollato quello stronzo di Heitor, chi li paga?»

«Nessuno. Che te ne frega? Li lasci tutti qui a marcire per sempre. Cosa te ne devi fare di un codice fiscale brasiliano in Svizzera?»

Non c'era modo di spiegarlo, al Polacco, che non era una questione pratica. Che era più che altro una questione di onore e di principio, per poter dimostrare a se stesso e al mondo che era più forte lui di tutte le avversità, di tutte le indecenze, di tutte le stupidità. Che stava lì per salvare la foresta, e dimostrare a Diana che aveva ragione lui. Lasciarsi tutto alle spalle non era un'opzione. Arrendersi non era una possibilità, per quanto finanziariamente conveniente, e certo molto più pragmatica dell'alternativa. Arrendersi significava dovere anche imparare a perdonare e perfino a perdonarsi, un giorno. E l'ingegnere, al perdono, preferiva di gran lunga il riscatto.

Da un certo punto di vista, forse l'incendio lo avrebbe perfino aiutato. Una mossa rischiosa, ma risolutiva. Stavolta i soldi per far funzionare l'impresa per davvero li avrebbe trovati.

«Ramiro!»

«Dica, Doutor. Che voleva Kowalski?»

«Verificare che tutto fosse andato come voleva lui, soprattutto. Però prima di chiamare la polizia vorrei verificare un paio di cose.»

«La polizia?»

«La polizia, certo, sì, la polizia.»

«La polizia statale del Mato Grosso sta a quattrocentotrenta chilometri di sterrato da qui!»

«E lo so, ma chi altro vuoi che chiami per investigare? Il prete del villaggio?»

«Guardi che padre Romero quella storia del furto del crocifisso l'aveva anche risolta in fretta.»

«Ma io non sono padre Romero, e non voglio risolverlo da solo. Non è un furtarello, questo è un crimine grave. C'è andata bene che non si sia fatto male nessuno.»

«Cleide dice che ha ancora male alla schiena, dallo svenimento.»

«Il mal di schiena di Cleide è un altro discorso, ti assicuro io che l'incendio non c'entra nulla. Comunque la polizia dobbiamo chiamarla perché abbiamo bisogno di certificare l'incidente.»

«E che ce ne facciamo di un certificato?»

«Tu non ti preoccupare.»

«Doutor, l'ultima volta che dei poliziotti hanno messo

piede qui, ne abbiamo riso per anni. È stato un po' prima che arrivasse lei.»

«Lo so. Avete smesso di ridere dei poliziotti perché avete cominciato a ridere di quella testa di cazzo di gringo che ha comprato una segheria.» Ramiro abbozzò un'espressione quasi indignata, come a dire che non si sarebbe mai permesso di ridere del suo capo. Che lo ignorò e proseguì: «Ma non è questo il punto. Magari ai poliziotti una mano la diamo noi, così stavolta forse risultano meno ridicoli. Anzi, portiamoci avanti col lavoro. Dimmi una cosa: oltre a noi, fino a ieri sera, e al Polacco, chi è che in questo villaggio ha a disposizione un serbatoio di gasolio abbastanza grande da poter dar fuoco a un capannone?»

«Soltanto la pompa di benzina del doutor Otávio. Prima lo teneva anche Pedrão il meccanico, perché non voleva dare soldi al doutor Otávio, ma poi hanno fatto pace.»

«Allora fai così. Prendi il pick-up e vai a fare benzina. Paga da bere ai benzinai durante la pausa pranzo. E anche a un paio di operai di Kowalski. Vedi se scopri qualcosa.»

Rientrando in ufficio, due ore dopo, Ramiro trovò l'ingegner Kaufmann al telefono. Che già era un problema di per sé: la linea ogni tanto funzionava male, e quando funzionava male significava che una telefonata anche breve poteva richiedere sei o sette spezzoni, e questo l'ingegnere non lo sopportava. Soprattutto perché non riusciva a trovare una spiegazione tecnica per il fenomeno. Per di più la telefonata era in tedesco: quindi, probabilmente, all'altro capo del filo c'era sua madre. Ramiro si piantò a distanza di sicurezza dalla scrivania, protetto da una cassettiera alta di lamierino di ferro, un dito sull'interruttore della macchinetta del caffè pronto per calmare l'ingegnere se necessario. Kaufmann riagganciò. «E che cazzo!»

«Sua madre, Doutor?»

«Peggio.»

«Peggio?»
«Peggio.»
Ramiro non sembrava poter immaginare cosa ci potesse essere di peggio della signora Sandra Kaufmann, albergatrice a Engelberg, Svizzera, che era venuta una volta in visita nella segheria, e ne era ripartita gridando le uniche due parole in portoghese che aveva imparato: «*Nunca mais!*», mai più. Rimase in silenzio in attesa di ulteriori informazioni da parte del suo capo.
«Peggio di mia madre, Ramiro, c'è solo una cosa. L'istituzione più svizzera che tu possa immaginare.»
«Più svizzera di sua madre, Doutor?»
«Più svizzera dell'hotel di mia madre, Ramiro. Molto più svizzera. Le Assicurazioni Generali Cantonali Svizzere.»
«E da lei che volevano i generali dell'esercito svizzero?»
«Assicurazioni, Ramiro, l'esercito non c'entra niente. E veramente sono io che voglio qualcosa da loro. Due milioni, voglio.»
«Due milioni?»
«Due milioni. Quelli che servono, a occhio e croce, per ricostruire. Sta nel contratto, i danni da fuoco che siano per dolo o incidente sono comunque coperti. E una volta che approvano quelli, poi devono anche risarcirmi l'inattività fino a sei mesi. Non pagano solo se si tratta di calamità naturale o di malafede comprovata, ed è proprio per questo che ci serve la polizia.»
«Non ho capito niente.»
«Ramiro, tu lo sai come funziona un'assicurazione?»
«Sì sì, Doutor, è una specie di tassa per far circolare il camion. E la macchina, pure. Se uno non ce l'ha non può andare sulle strade federali.»
«No. Cioè, sì. In un certo senso è anche quello. Ma non in questo caso. Funziona così: io pago loro ogni mese dei soldi, e se succede qualcosa di imprevisto, i danni e le spese li devono rimborsare loro.»

«Doutor, è sicuro che sia una cosa legale? Perché così mi sembra l'accordo che ha il Polacco coi Boliviani di don Julio.»

Florian Kaufmann rise. Rassicurò Ramiro sulla assoluta legittimità di un contratto assicurativo e perfino sulla sua frequenza negli ambienti finanziari e imprenditoriali di quasi tutti gli altri luoghi del mondo. Pensò a quanto gli sarebbe piaciuto far sapere al consiglio d'amministrazione delle Assicurazioni Generali Cantonali Svizzere che erano appena stati paragonati a dei narcotrafficanti boliviani.

«Vediamo se ho capito, Doutor. Tutto quello che è bruciato lo pagano i generali svizzeri?»

«Dovrebbero pagarlo loro, sì.»

Una silenziosa e pensosa pausa.

«Quindi in pratica i soldi che sono andati in fumo sono quelli dell'assicurazione, non i suoi.»

«Bravo, hai capito.»

«Ma come fa l'assicurazione a sapere cosa c'era nel capannone?»

«Dobbiamo dichiararlo noi.»

Un'altra pausa. Ramiro cercava di assorbire il concetto nuovo e soprattutto le sue conseguenze. Gli venne, ovviamente, un'idea.

«Doutor, con tutto il rispetto, ma come fa l'assicurazione a sapere che quello che dichiariamo è vero? Non possiamo dire, per esempio, che nel capannone è bruciata anche una valigia piena di soldi?»

Kaufmann rise. «Detta così sarebbe una cosa un po' troppo sospetta. Ma un pochino, nei limiti della ragionevolezza, possiamo anche arrotondare, questo sì, senz'altro.»

Ancora una pausa. Probabilmente per dimensionare i limiti della ragionevolezza. Ramiro stava scoprendo un mondo di possibilità.

«Secondo lei ci entra una moto, nell'arrotondamento?»

«Una moto?»

«Doutor, è da tanto tempo che devo cambiarla...»

Ma sì, perché no? L'ingegnere non ci pensò troppo su.

«Fai così. Trova un rottame di motocicletta. Mettilo tra la cenere e le lamiere, bagnalo di diesel e fai un bel falò. Poi col concessionario in città per avere una fattura retrodatata della tua moto nuova ci parlo io la prossima settimana. Quella vecchia poi la rivendi con calma.»

Ramiro perse ogni remora e abbracciò l'ingegnere. «Grazie, Doutor, grazie!»

«Di niente, Ramiro. Un vero peccato, era bellissima la moto. Posteggiata proprio davanti all'ufficetto con i tre computer nuovi, vero?»

«Quale ufficetto, Doutor?»

«Quello in fondo, con i tre computer nuovi nuovi che avevo appena portato.»

«Doutor, ma che sta dicendo?»

«I tre computer nuovi, Ramiro. Quelli che avevo appena portato, e che stavano accanto alla tua moto nuova.»

«Aaaaaah. Sì. Certo. Nuovi, sì, sì. Tre. Tre computer nuovi. Accanto alla moto. Belli pure quelli, Doutor, i computer, sì sì, ultimo modello, con la marmitta catalitica e tutto. Che peccato, nuovi nuovi e già bruciati.»

«Eh già. Comunque, Ramiro, hai scoperto qualcosa?»

«Sissignore. Intanto, il serbatoio di don Otávio è bello pieno, e già lo possiamo escludere. E poi alla terza pinga un operaio di Kowalski mi ha detto che oggi e domani fanno solo pulizie, in segheria, perché aspettano l'autobotte col diesel per far ripartire il generatore.»

«*Filho de uma puta.*»

«Doutor, mi permetta. Detto così, sembra proprio che lei sappia che la professione della madre di Kowalski era quella lì, di fatto. Che forse è pure vero, ma non lo sa con certezza nessuno, Kowalski l'ha lasciata al Sud, la vecchia polacca, ogni tanto la va a trovare suo fratello Paulinho, ma lui mai. Provi a dirlo tutto in un'unica parola, invece: *filhadaputa*.»

«*Filhadaputa.*»

«Molto meglio, Doutor. Ma comunque il Polacco questa cosa dell'assicurazione non la sapeva, vero?»

«E certo che non lo sapeva. Pensava di togliermi di mezzo una volta e per tutte.»

«E non c'è riuscito.»

«Ancora no. La settimana prossima viene il perito dell'assicurazione, ce lo mandano direttamente da Zurigo. Dovrà fare un rapporto dettagliato per farci avere i fondi per la ricostruzione, e vorrà vedere la denuncia alla polizia, che andrò a fare in città appena possibile.»

«E dove va a stare il perito? Prepariamo l'appartamento degli ospiti come quando è venuta sua madre?»

«Proprio di quello stavamo parlando al telefono. Pare che per regolamento interno non possa essere ospitato da noi, e debba per forza andare in albergo.»

«Doutor, un gringo alla Pousada da Estrela non ci può andare, glielo giuro.»

«Ho provato a spiegarglielo anch'io. Ma purtroppo sono svizzeri.»

«Doutor, lei pure è svizzero, se mi permette.»

«Ma io sto qua da quasi dieci anni. Due o tre cose le ho imparate.»

«Gli anni a San Paolo non contano, Doutor. Quella città è praticamente gringa.»

«E allora contane di meno. Belli intensi, però. Fai così, manda Cleide a parlare con Estrela e vediamo se almeno ci fa pulire e arredare una stanza. Se le piace come viene, poi per il compleanno le faccio fare gli armadi nuovi per la cucina di casa, tutti in stile.»

«Coi cuoricini intarsiati, come la stanza degli ospiti di sua madre?»

«Esattamente. E se le piacciono, anche gli alberelli e i fiocchi di neve.»

«Le piaceranno sicuramente, Doutor. Puro stile gringo!»

Ramiro uscì dall'ufficio di Kaufmann, che prese in mano il telefono e armeggiò per qualche secondo intorno al contatto di Diana. Avrebbe voluto chiamarla, e forse avrebbe dovuto. Ci ripensò un istante prima di far partire la chiamata: innanzitutto risolviamo, si disse, poi, semmai, raccontiamo, quando è tutto in ordine. Mise via il telefono, scelse invece la poltrona e un libro. Per pensare con chiarezza e lucidità al problema presente, aveva bisogno innanzitutto di dedicarsi ad altro per un po'.

2

«Doutor! Doutor!» Ramiro chiamava ad alta voce, e sembrava agitato. Il che non era frequente, pensò Kaufmann. Capì che doveva esserci qualcosa di strano, posò il libro che stava leggendo sul tavolino accanto alla poltrona dell'ufficio – una vecchia copia consunta di *Surveiller et punir*, che da anni si ostinava a riprendere in mano ogni tanto, più per caparbietà che per reale interesse per la filosofia di Foucault, per poi abbandonarla nuovamente poco dopo – e uscì nel patio. Qualcosa di strano effettivamente c'era: due improbabili poliziotti che scavavano a mani nude nella cenere, con l'aria assorta e solerte di chi pensa di aver perso per terra qualcosa di importante. Uno molto alto, perfino rispetto all'ingegnere, l'altro decisamente più basso, anche più di Ramiro. Entrambi fasciati in uniformi di almeno due taglie più piccole del dovuto, che contribuivano all'aria impacciata dei loro movimenti. Vistosamente, osservò Kaufmann, uniformi dello stato di Rondônia. Che ci facevano nel Mato Grosso? Chi li aveva chiamati? In ogni caso, si disse, forse i poliziotti avrebbero potuto ricevere la denuncia per l'assicurazione, e così gli avrebbero risparmiato una giornata di viaggio fino alla città.

«Buongiorno, agenti, e grazie di essere venuti fin qui. Come posso esservi d'aiuto?» domandò Florian Kaufmann con studiata cordialità brasiliana. L'aveva imparata a San

Paolo, quell'attitudine, una delle poche caratteristiche culturali valide ovunque in Brasile, dal profondo Nord al Nordest riarso, passando per il Sudest cosmopolita e fino al Sud velleitariamente secessionista. Obbligatorio in tutte le circostanze, un sorriso affabile dimostra apertura, serena predisposizione ad aiutare il prossimo, vicinanza nella comune condizione umana. Un sorriso assolutamente e autenticamente sentito, perché non c'è nulla di più vero dell'ipocrisia, e nulla di più profondamente radicato della superficialità più radicale. Nei primi tempi Kaufmann non aveva saputo né voluto sorridere: e in poco tempo, per l'intera piazza finanziaria di San Paolo, era diventato «quello stronzo dello Svizzero». Poi aveva imparato, da mille sorrisi, a usarlo anche lui, per preparare l'interlocutore alla più ottusa chiusura mentale, al rifiuto categorico di fare il benché minimo sforzo per aiutare, alla freddezza dell'incomprensione e dell'indifferenza travestite da gentilezza.

Quello che l'aveva definita cordialità, gli aveva spiegato Diana, era il padre di Chico Buarque. Col passare degli anni e delle delusioni, l'ingegnere aveva imparato non solo a riconoscerla, la cordialità secondo Sérgio Buarque, ma soprattutto a servirsene con la stessa naturalezza con cui canticchiava a memoria molte delle canzoni del figlio.

I due poliziotti, vedendolo arrivare, smisero di scavare e si alzarono. Quello più alto strofinò rapidamente le mani sui pantaloni e fece una specie di saluto militare affrettato. Una striscia grigia di fuliggine gli rimase sulla fronte. «Vice-ispettore Aguiar e agente scelto Mourão, polizia statale di Rondônia, buongiorno. Dov'è la vittima?»

«Vittima mi pare esagerato, io sono ancora vivo. Ma sì, la segheria è mia» rispose Kaufmann.

Il poliziotto alto lo osservò attentamente, quasi a voler confermare che sì, in effetti era proprio vivo. «Sua? E lei perché ha messo su una segheria proprio qui, scusi?»

Kaufmann a quella domanda era abbastanza abituato. Ed era abituato quindi a rispondere sbrigativamente, perché non aveva quasi mai voglia di ripercorrere tutte le tappe e i dettagli della truffa che aveva subito e che lo aveva costretto ad andare a vivere ad Araxá do Oeste a tempo più o meno indeterminato. «Non l'ho messa su, l'ho rilevata. Era di un tale che era mio socio a San Paolo.»

«Capisco. È lui la vittima, allora?»

«Chi?»

«Il suo socio.»

«Ex socio, per fortuna. Comunque non ne ho notizie da un paio d'anni. La vittima, se vuole metterla così, sono solo io.»

«Eh, ma lei è vivo, la vittima non può essere lei. L'ha anche detto lei stesso, prima.»

L'ingegner Kaufmann il portoghese l'aveva imparato anche bene. Quaderni, tabelle, appunti, coniugazioni, esempi e idiomi, con la stessa caparbietà e costanza della meccanica razionale all'università. Le occasioni in cui non capiva, in generale, non erano situazioni di difficoltà linguistica: né vocaboli sconosciuti, né costruzioni sofisticate. Di solito, erano momenti – purtroppo abbastanza frequenti in Brasile, e ancora di più in Amazzonia – nei quali la realtà faceva dei gran salti, dalla logica misteriosa o forse inesistente. Come una sceneggiatura scritta male. E il peggio era che di solito i nativi, invece, quella logica sembravano seguirla perfettamente. Kaufmann ci pensò su per qualche istante, senza successo naturalmente, e si rassegnò a chiedere spiegazioni al viceispettore Aguiar.

«Ma allora in che senso "vittima", mi scusi?»

Aguiar si irrigidì. «La prego di non perdere altro tempo e di mostrarci subito il cadavere.»

«Ma quale cadavere?»

«Il cadavere! Quello morto nell'incendio!»

«Ma non è morto nessuno, nell'incendio!»

«Ci dev'essere un malinteso. Qui c'è scritto "un morto"», e mostrò un foglio con l'ordine di servizio del commissariato. Il salto logico, pensò l'ingegnere, cominciava ad avere un po' di senso. Poco, però.

«Mah, guardi, ispettore, io un morto da darle non ce l'ho. Spero che non le dispiaccia» provò a sdrammatizzare Kaufmann, con tutta la gentilezza e la cordialità di cui era capace in quel momento. Magari avrebbe preferito trattare il suo interlocutore come si sarebbe meritato, ma litigare con un poliziotto non è mai una buona idea, e in Brasile lo è meno che altrove. La replica del viceispettore lo sorprese un po'.

«Ma mi dispiace sì, cazzo! Quegli stronzi della polizia statale del Mato Grosso ci hanno ripassato il caso dicendo che era urgente perché c'era un morto e saremmo arrivati prima noi di loro.»

«Ecco, glielo stavo proprio per chiedere. Ho notato le divise.»

Mourão e Aguiar inaspettatamente sorrisero. «Belle, vero? Sono nuove.»

L'ingegnere evitò di entrare nel merito, anche perché gli ricordavano i costumi di scena di una bellissima produzione di *Finale di partita* di Beckett che aveva visto a Lucerna con Marta, quando ancora c'era Marta, e con lei c'era anche un po' di senso e di luce nella vita, e il Brasile al massimo era un paese lontano in cui giocavano bene a calcio e prendevano il sole in spiaggia a dicembre. «Più che altro ho notato che sono di Rondônia. Ma siamo in Mato Grosso, qui. Vicini alla frontiera statale, va bene, ma amministrativamente in Mato Grosso. E infatti le tasse le pago al governo di Cuiabá, ma il dentifricio lo compro nella farmacia che sta proprio accanto al vostro commissariato, in Rondônia.»

«E infatti se ne dovevano occupare loro!» esclamò Mourão, quello più basso, che fino a quel momento era rimasto in silenzio, spostando nervosamente il peso da un piede all'altro. «Quando si tratta di omicidio, come nel suo caso...»

Kaufmann lo interruppe: «Non è il mio caso, agente, io continuo a essere vivo e vegeto.»

«... come nel suo caso, dicevo, fino a prova contraria, la polizia che deve investigare è quella dello stato nel quale è avvenuto il crimine. Cioè quella del Mato Grosso.»

Kaufmann rinunciò a farlo ragionare. «Va bene. E allora perché siete venuti voi di Rondônia a investigare su questo morto?»

Mourão sgranò gli occhi, si girò verso il viceispettore Aguiar e chiese: «Già vale come confessione?»

Aguiar esitò. «No, ancora no. Prima voglio trovare il corpo.»

Kaufmann cominciò a rendersi conto che la denuncia per l'assicurazione sarebbe stata molto più complicata da ottenere di quanto avesse inizialmente previsto. E si sentì finalmente, dopo anni, parte piena e integrante della comunità del villaggio di Araxá do Oeste: anche lui, finalmente, avrebbe potuto raccontare delle storie assurde e ridicole sui poliziotti giunti in visita.

«Va bene. Comunque mentre voi cercate un cadavere che non c'è, io la denuncia per l'incendio a chi la sporgo?»

«E a che le serve la denuncia? Boh, comunque se vuole può telefonare alla signora Marisa. Si segni il numero.»

«Marisa?»

«La segretaria del capo della polizia. Sa fare tutto. Le divise nuove che ha notato, per esempio, le ha ordinate lei.»

Kaufmann annotò su un quadernetto il numero e cominciò a prepararsi psicologicamente alla tortura di una telefonata con la segretaria del capo della polizia dello stato di Rondônia, che probabilmente una denuncia d'incendio non l'aveva ricevuta mai: in Amazzonia gli incendi si fanno, non si denunciano. Annotò anche le parole «divise nuove», un complimento per cominciare la telefonata sarebbe stato certamente utile.

«Signori, vado in ufficio e provo a chiamare questa signora Marisa. Se avete bisogno di me, sapete dove trovarmi.»

«Ecco, bravo, rimanga da queste parti. Lei è il nostro primo sospettato» disse Mourão. Aguiar lo guardò male.

Kaufmann mantenne la calma. «Ma certo, e dove vuole che vada? Però per sospettarmi di omicidio per lo meno un cadavere prima dovete trovarlo, nella cenere. Ramiro, per favore, presta un paio di pale ai signori, anzi aiutali anche a scavare. Agenti, posso farvi portare un caffè?»

I poliziotti accettarono volentieri l'offerta, sia delle pale che del caffè, e Kaufmann si allontanò verso la cucina. Pessimi, pensò. Da qualsiasi punto di vista. Incapaci, evidentemente. E se la capacità non era granché, anche l'autorità non era niente di straordinario. Come tanti poliziotti brasiliani, la postura del corpo e i movimenti delle mani avevano come obiettivo primario quello di mettere in evidenza la pistola, unica fonte certa e garantita di rispetto e autorità in qualsiasi contesto. Che poi, osservò l'ingegnere, più che di rispetto si trattava fondamentalmente di paura: e non di paura che la sapessero usare bene, la pistola. Il rischio vero era che non la sapessero maneggiare affatto, e che facessero danni accidentali. Incapaci e con la sola autorità di chi ha per le mani uno strumento pericoloso, ecco. E corrotti o corruttibili, probabilmente, aggiunse l'ingegnere tra sé e sé, come quasi tutti i loro colleghi. E questa, pensò con svizzero pragmatismo e brasilianissima elasticità morale, per lui era una gran comodità: il rischio di una pallottola vagante della polizia, in Brasile, si riduce con il libretto degli assegni. E con la pelle chiara. Florian li aveva entrambi.

Chissà che cosa ne avrebbe pensato Diana. Diana, che nonostante la pelle più scura era riuscita a tenere in piedi il suo minuscolo e meraviglioso caffè-pasticceria a San

Paolo, senza usare il libretto degli assegni se non per i fornitori legittimi. Diana, che gli aveva insegnato a riconoscere frasi, sguardi ed espressioni dei dipendenti pubblici a caccia di un assegno non dovuto. Diana l'intransigente, che l'aveva raccolto a pezzi dopo quello che era successo con Marta, costringendolo a ricominciare a vivere. Diana, da cui era fuggito, vigliacco, con la scusa della frode subita e della segheria da rilevare.

L'ingegner Florian Kaufmann perse tutta la sua sicumera quando i due poliziotti un cadavere lo trovarono davvero.

«Doutor, abbiamo un problema» disse Ramiro entrando in ufficio. *Surveiller et punir* tornò sul tavolino accanto alla poltrona, Kaufmann si alzò e seguì Ramiro nel patio.

«Doutor, e la telefonata?»

«Pare che questa straordinaria Marisa sia fuori a pranzo.»

«Ma sono le undici!»

«E che ti devo dire, si vede che le viene fame presto. Qual è il problema, Ramiro?»

«C'è che un morto c'è per davvero, Doutor.»

Stavolta il salto logico della realtà era veramente di quelli grossi. E un morto in azienda era un bel problema anche lì in mezzo alla foresta, difficile da far sparire con due poliziotti in giro. In corrispondenza della vecchia fossa dei macchinari, relativamente protetta dall'incendio, Mourão e Aguiar avevano effettivamente trovato un cadavere. Prima avevano incontrato il rottame della moto, con grande soddisfazione di Ramiro che l'aveva piazzato là poco prima; poi però avevano continuato a scavare, avevano raggiunto i portelloni, erano riusciti a liberarli dalla cenere e li avevano aperti. Trovandoci un cadavere, lì in bella mostra, tra il generatore diesel e il gancio dell'argano. Lo avevano tirato fuori per le gambe, per portarlo alla luce nel patio.

Ma che ci faceva un cadavere nella sua fossa delle macchine? Kaufmann attraversò il terreno lentamente, cercando di darsi il tempo di pensare alla situazione. Chi era il morto? E come c'era arrivato lì? E perché? Ma per domande di quel tipo non era ancora il momento. Le cacciò in un cassetto in fondo alla memoria, le avrebbe recuperate più tardi. Per ora, la questione più urgente, e forse anche la più importante, era ovviamente stabilire se era il caso di provare fin da subito a comprare i poliziotti o aspettare un po'. Come regola generale, tendevano a costare poco. Ma non gli era ancora capitato di dover trattare una tangente con un morto di mezzo, e sicuramente in casi del genere era previsto un listino prezzi premium. L'alternativa era collaborare con le indagini e cercare di capire cos'era successo, ma il materiale umano a disposizione obiettivamente non deponeva a favore di questa ipotesi. Meglio alludere discretamente a una trattativa informale, stabilire un prezzo anche generoso e toglierseli di torno in fretta. E riconsiderare, magari, la possibilità della vendita al Polacco e del ritorno in Svizzera: con un'inchiesta criminale in corso, l'impresa non era certamente facile da far piacere a potenziali clienti o investitori stranieri, e quindi il Polacco sarebbe stato l'unica possibilità reale.

Una preoccupazione, però, si fece strada nelle pragmatiche riflessioni dell'ingegnere. Chi li aveva allertati, quei due? Poteva essere la stessa persona che aveva dato fuoco alla segheria (il Polacco? ora che c'era di mezzo un cadavere, il sospetto era un po' meno automatico). Oppure no. Ma certamente non era qualcuno che stava cercando di aiutarlo, se non altro perché un qualcuno che lo volesse aiutare non esisteva. Sarebbe stata necessaria una dose in più di prudenza: un'offerta esplicita di soldi avrebbe dato ai poliziotti una ragione in più per sospettarlo, o magari anche arrestarlo e portarlo via. Meglio evitare, per lo meno nella fase iniziale.

Kaufmann arrivò alla fossa e vide il cadavere appoggiato

a una collinetta di cenere, le due pale incrociate accanto, come a dargli l'onore delle armi. La fossa stessa, coperta dai portelloni di ferro, doveva averlo protetto dal contatto diretto delle fiamme: così, più che carbonizzato, sembrava più che altro un po' troppo cotto. In ogni caso, praticamente irriconoscibile. E comunque, un morto, cazzo.

L'agente scelto Mourão diede a Kaufmann il benvenuto sulla scena del delitto gettandolo per terra, ammanettandolo e per sì e per no mettendogli anche un ginocchio sullo sterno. Date le circostanze, si sentì autorizzato a passare al tu. «E adesso confessa! Chi è? Che t'ha fatto? È il tuo ex socio, vero?»

Superato lo stupore iniziale, Kaufmann si ricordò quasi meccanicamente di chiedere di fare una telefonata.

Il viceispettore Aguiar intervenne con tono formale: «È nel suo pieno diritto contattare un avvocato, ma le suggerirei prima di tutto di collaborare con le indagini.»

Florian rimase in silenzio, sotto il peso di Mourão. Gli venne un'idea. «Ma io non voglio telefonare all'avvocato!»

«No?»

«No.»

Ci fu un breve silenzio. Mourão tolse la gamba dal torace di Kaufmann. «E a chi, allora?»

Rialzandosi lentamente e goffamente con i polsi ammanettati, Kaufmann spiegò: «A quello stronzo del mio ex socio. Che per quanto ne so è ancora vivo. Ramiro, per cortesia, prendi il cellulare dalla mia tasca destra... ecco, bravissimo. Il codice di sblocco lo sai. Cerca il numero di Heitor e chiamalo col vivavoce.»

Una voce infastidita rispose dopo tre squilli.

«Svizzero, cosa cazzo vuoi?»

«Niente. È la prima volta in un anno e mezzo che mi fa sinceramente piacere saperti vivo. Ora posso tornare a sperare che schiatti. Pesi sempre centotrenta chili o sei ingrassato ancora?»

«Vaffanculo, Kaufmann.»

«Altrettanto, Heitor! Un abbraccio affettuoso anche a tua moglie! Di quelli che le piacciono tanto!»

E finì lì. Kaufmann, che con la telefonata aveva recuperato un po' di calma e quindi anche il suo consueto sarcasmo, osservò la reazione dei due poliziotti, che non sembravano aver capito del tutto cosa fosse appena successo.

«Signori, come avete sentito, il mio ex socio è ancora vivo. D'altra parte, come si dice, sono sempre i migliori che se ne vanno, e quindi Heitor non ha di che preoccuparsi. Peraltro, anche se fosse morto arrostito come una porchetta, sarebbe stato due o tre volte più grosso di quello lì, che invece era sicuramente molto magro anche in vita.»

Mourão non dissimulò la sua delusione. «E allora chi è, e perché l'hai ammazzato?»

Durante la telefonata, Kaufmann aveva avuto tempo di sviluppare un'idea di difesa, e soprattutto di osservare meglio il cadavere. Riuscì perfino a trovare un sottile lato comico in quella situazione assurda, e sorrise al poliziotto, sicuro di sé. «Agente, con rispetto, ma lei veramente crede che se volessi dar fuoco a qualcuno userei una segheria intera come stoppino?»

Mourão ci pensò su. Poi diede uno spintone alla spalla di Kaufmann. «Cosa pensi, che siamo due cretini? Gli hai dato fuoco e per sbaglio si è incendiato il resto!»

L'ingegnere fece uno sforzo eroico per non rispondere che sì, effettivamente, pensava proprio che fossero due cretini completi. Invece sorrise e si rivolse al viceispettore Aguiar col suo miglior burocratese. «Ispettore, sono pronto a collaborare con le indagini sotto tutti gli aspetti. Anzi, sono chiaramente il primo ad avere interesse in una celere risoluzione del caso. Vorrei però chiederle una piccola cortesia. Potreste domandarmi, prima di tutto, dov'ero ieri sera, al momento dell'incendio?»

Mourão lo guardò perplesso. «Ma come, dov'era? Qui, era! Dietro al generatore! Ad ammazzare 'sto disgraziato!»

Aguiar capì. Mise una mano sulla spalla dell'agente Mourão per zittirlo. Diede a Kaufmann del lei e lo chiamò perfino dottore: «Doutor, con permesso, dov'era ieri al momento dell'incendio?»

Kaufmann sorrise ancora. «Sulla Transpacífica, dall'altro lato del fiume. Suggerisco che chiedano a Carlinhos, il manovratore, di testimoniare sull'orario del mio attraversamento. Ora, agente Mourão, se può essere così gentile da togliermi le manette e fornirmi le sue generalità complete, vorrei fare un'altra telefonata. Stavolta sì, al mio avvocato, per denunciarvi immediatamente per abuso d'autorità.»

Aguiar cercò di mediare: «Doutor, non le sembra di esagerare?»

Kaufmann si prese tutto il tempo che gli sembrò giusto per pensare alla sua risposta. Un lungo silenzio, per dare ad Aguiar il tempo di ponderare la serie di problemi e lungaggini burocratiche che la denuncia avrebbe provocato; non troppo lungo, però, per evitare che arrivasse all'idea di sparare a lui e a Ramiro, e dichiarare l'incidente come un tragico episodio di resistenza a pubblico ufficiale. «Mah, ispettore, non saprei. Certo, se lei mi promette di tenere a bada il suo agente, io posso prometterle senz'altro di dimenticare questo piccolo incidente. Così siamo tutti più contenti e possiamo occuparci di cose più importanti.»

Aguiar si avvicinò, prese con un gesto brusco le chiavi delle manette dalle mani dell'agente Mourão e liberò i polsi di Kaufmann.

«Per esempio: come ha fatto quel poveraccio ad arrivare qui? E com'è morto?»

Mourão lo interruppe, nonostante uno sguardo di traverso del viceispettore. «Col fuoco, è morto! Cosa c'è da capire?»

Kaufmann scoprì di avere ancora un po' di pazienza. Si avvicinò al cadavere, ne spostò delicatamente la testa con la punta dello stivaletto di cuoio e si rivolse direttamente ad Aguiar: «Ispettore, a lei quello non sembra il foro di una pallottola?»

Per i successivi dieci minuti, i due poliziotti furono impegnati in un complicatissimo balletto intorno al cadavere. Con movenze precise e teatrali, a turno, un poliziotto si abbassava, toccava il cadavere con un dito, osservava, si alzava, percorreva un arco di circa sessanta gradi, guardava l'altro poliziotto. Che a sua volta si abbassava, toccava, osservava, si alzava, girava. Ogni tanto, una scrollata di spalle o un grugnito aggiungevano coloriture alla partitura. L'ingegnere li osservò lungamente, con un misto di divertimento e disprezzo, finché il secondo non arrivò a prevalere. Non aveva ancora la certezza assoluta di aver riconosciuto la vittima: avrebbe avuto bisogno di verificare un dettaglio importante. Ma quel dettaglio, se necessario, lo avrebbe scagionato. Bisognava liberarsi dei poliziotti per un po'.

«Signori. Capisco l'urgenza e l'importanza dell'analisi a caldo di questo cadavere. Ma devo informarvi che Angela oggi ha preparato una moqueca di tambaqui. E ci rimane molto male quando la moqueca si raffredda. Quindi vi proporrei di sospendere le indagini e sederci a pranzo.»

L'agente Mourão lo guardò per la prima volta con rispetto. «Ce li mette, i peperoni, nella moqueca?»

Kaufmann rispose con la serietà che l'occasione richiedeva. «Certamente. Sono andato io stesso a comprarli in città. Nella quitandinha della moglie del Polacco arrivano solo ogni tanto, e comunque quando arrivano di solito fanno anche abbastanza schifo: vecchi e molli.»

Mourão sembrò soddisfatto della risposta: «Se ci sono i peperoni, non possiamo rifiutare. Tanto, non è che il cadavere ha i piedi e se ne va.»

Kaufmann avrebbe voluto fargli notare che i piedi, tecnicamente, il cadavere ce li aveva anche, ma non volle sfidare la sorte più del dovuto. Era già praticamente un miracolo che i due poliziotti non avessero pensato al fatto che il suo alibi non aveva nessun valore, dato che il morto era morto sparato, prima dell'incendio.

Aguiar richiamò il suo subordinato all'ordine: «Mourão!»

«Coi peperoni, ispettore. La moqueca l'ha fatta coi peperoni!»

«Mourão, a me i peperoni fanno acido. Ma il tambaqui è il tambaqui, su questo non si discute. E va bene, andiamo a pranzo.»

Mentre gli altri si allontanavano, Ramiro prese un telone cerato dal capanno degli attrezzi, che trovandosi dal lato opposto del patio dei tronchi era stato risparmiato dall'incendio. Osservò il cadavere da vicino e lo coprì con attenzione. Ci mancava solo che gli avvoltoi decidessero di assaggiarne un pezzo.

Per tutta la durata del pranzo, l'ingegnere tenne due conversazioni in parallelo: una cordiale e affabile con Aguiar e Mourão, naturalmente, per sondarne le intenzioni e quel poco di abilità che potevano anche avere; l'altra, cupa e silenziosa, con se stesso, per decidere cosa fare. Una parte di sé, che etichettò sbrigativamente come "tropicale", tendeva a voler stabilire il prezzo dei poliziotti una volta per tutte, per far sparire il cadavere e tornare a occuparsi della ricostruzione dell'impresa. Un'altra, forse impropriamente etichettata "svizzera", ripescava le solite obiezioni etiche alla corruzione e alle soluzioni sbrigative della cultura locale, con scarsa efficacia.

Alla fine l'ingegnere decise di non fare un'offerta. Non per dar ragione alla sua voce interiore svizzera, ma perché si era, obiettivamente, incuriosito. Un problema complicato è un problema divertente da affrontare. Una situazione apparentemente impossibile è un invito a trovare una spiegazione, per quanto improbabile. Una sfida è una sfida. Era ora di dimostrare al mondo che le cose si possono risolvere con metodo, criterio e intelligenza: la sua. Perfino in Amazzonia. Perfino di fronte a un cadavere bruciacchiato, misteriosamente comparso nella sua fossa delle macchine.

3

Dopo la moqueca di tambaqui – coi peperoni, abbondantissimi peperoni, anche per il viceispettore che aveva deciso di sfidare l'acidità – Mourão e Aguiar concordarono che un'oretta di sonno nelle amache del portico era indispensabile per rinfrescare le idee e continuare l'indagine più tardi, con ritrovato vigore.

Kaufmann li osservò lungamente, come si osserva un bambino nel suo letto per assicurarsi che abbia finalmente preso sonno; poi aprì la porta dell'ufficio ed entrò. Si girò verso Ramiro, che era rimasto sul portico.

«Ramiro, per favore, avvisa Cleide che tra la moqueca e il casino di stamattina ho bisogno urgente di un caffè.»

«Doutor, ma nel senso proprio del caffè che si beve?»

«Ramiro, tu dille che ho bisogno di un caffè, che poi ci pensa lei» rispose Kaufmann, indispettito dal fatto di dover rendere conto al suo braccio destro delle sue attività personali con la cameriera. Che neanche gli piaceva granché, a dire la verità, ma d'altra parte, scartata Andressa Kowalski per ragioni di incolumità, non è che ci fossero grandi alternative ad Araxá do Oeste, e quindi in qualche modo si doveva accontentare. La vita nella foresta era uno straordinario esercizio di prospettiva. Rispetto al contesto generale, buonissima la moqueca di tambaqui, e bonissima perfino Cleide. Rispetto al contesto generale, le pur modeste capacità di ascolto e di esecuzione di Ramiro ne facevano un assistente quasi passabile.

«Allora vado a chiamare Cleide e le dico che lei vuole un caffè e quello che vuole capire, capisce.»

«Sì, Ramiro. E non perdere di vista i poliziotti, per favore. Io intanto vado a dare un'occhiata al morto.»

«Doutor, non si preoccupi ché per come russano dormiranno almeno altre due ore. Io comunque al morto un'occhiata ce l'ho data, quando l'ho coperto.»

«Ah. E allora me lo prendo dopo, il caffè. Entra.»

L'ingegnere fece entrare Ramiro in ufficio, chiuse la porta e si sedette dietro la scrivania. Fece cenno all'altro di prendere una sedia, ma quello non si mosse. Sedersi nell'ufficio sarebbe stato un atto di eccessiva intimità col capo, e a Ramiro avevano insegnato fin da piccolo a stare al suo posto.

«Voglio fare una scommessa, Ramiro. Scommetto che indovino un dettaglio che hai visto quando l'hai coperto.» L'ingegnere sorrise e assaporò una breve pausa, un po' teatrale, come se quel gioco gli stesse cominciando a piacere. «Scommetto che hai visto un dente d'oro.»

«E come lo sa, Doutor? L'ha visto anche lei?»

«No. Però ci speravo molto, e infatti volevo andare a controllare. Ma se l'hai visto tu, mi fido. Significa che quel cadavere, così magro e bassino, è quello del povero Arturo, che possiamo identificare grazie al dente d'oro. E quindi né io né te possiamo essere accusati di averlo ammazzato.»

«Ma come c'è arrivato il cadavere del povero Arturo nella fossa delle macchine, Doutor?»

«E questo è quello che dobbiamo capire. L'ultima volta quel corpo l'abbiamo visto al bar di Jackson, quando gli hanno sparato quei due in motocicletta, poveretto. E c'erano anche padre Romero e il Polacco.»

«Doutor, ma padre Romero e il Polacco erano ubriachi fradici.»

«Vero. Però i poliziotti non lo sanno, e comunque male che vada Jackson non beve mai e potrà scagionarci lui.»

Il povero Arturo era un meccanico. Magrissimo, minuto, di età indefinita, con pochi denti in bocca – uno dei quali, appunto, era un canino d'oro – e degli occhialini rotondi. Era arrivato un giorno ad Araxá do Oeste, a piedi. Che già di per sé era un fatto notevole: non si attraversa la foresta a piedi. Non da quelle parti, a diversi giorni di cammino dal centro abitato più vicino. Si era presentato timidamente sia al Polacco che allo Svizzero, offrendo di fare manutenzione alle macchine delle rispettive segherie, in cambio di vitto e alloggio e poco più. E siccome di lavoro da fare ce n'era in tutte e due le fabbriche, Arturo era l'unico affare che il Polacco e lo Svizzero avevano concluso di buon grado tra loro: dormiva nel capanno degli attrezzi del Polacco e mangiava quello che cucinavano Cleide e Angela. Ogni tanto metteva le mani anche nella macchina da cucire della signora Estrela, e se necessario – ma con malcelato disprezzo – apriva anche il cofano delle auto e dei camion, le rare volte in cui Pedrão, nella sua officina, aveva bisogno di una seconda opinione. Quello che guadagnava lo spendeva quasi interamente in birra e cachaça da Jackson. Come fosse arrivato lì, e soprattutto perché, non l'aveva mai raccontato a nessuno.

Una sera, circa due settimane prima dell'incendio alla segheria di Kaufmann, i pochi avventori del bar di Jackson avevano notato un rumore di motocicletta che si avvicinava, dal lato della strada del Mato Grosso. Non era certamente una cosa frequente, una moto da quel lato, e ancora meno a quell'ora. Effettivamente, dopo un po', davanti al bar era arrivata una motocicletta. Due uomini, coi caschi chiusi. Uno era cospicuamente rosa e verde, i colori di una scuola di samba di Rio de Janeiro di cui Kaufmann non ricordava il nome. Arturo si era alzato lentamente, e con estrema calma e compostezza aveva detto a uno dei due motociclisti, quello col casco rosaverde, qualcosa come: «Alberto, no. Per favore. No.»

Per tutta risposta, senza neanche spegnere il motore, il motociclista Alberto gli aveva sparato in faccia, ed era subito ripartito col suo complice – senza fretta, ma senza neanche perdere altro tempo – da dove era venuto, in direzione Mato Grosso. Siccome non era neanche la prima volta che capitava, un morto ammazzato da motociclisti anonimi al bar di Jackson, i presenti reagirono come da prassi consolidata. Kaufmann e Ramiro presero il cadavere per le gambe e per le braccia e lo spostarono di un paio di metri appena, portandolo fuori dal perimetro di assi inchiodate che fungeva da sede del bar, in modo tale che l'incidente risultasse accaduto ufficialmente in strada e che a nessuno venisse in mente di sequestrare il locale per le indagini; Jackson pulì alla meno peggio le tracce di sangue con uno straccio lurido di fango, poi ci svuotò sopra il secchio coi residui di birra del cambio di fusto; padre Romero biascicò qualcosa per raccomandare al cielo l'anima del povero Arturo, e bevve una cachaça in suo onore; infine, tutti sedettero per decidere cosa fare con la polizia. E cosa fare del corpo riverso in strada.

Dopo tre giri di aneddoti sull'inutilità della polizia del Mato Grosso in circostanze precedenti, arrivò correndo anche dona Estrela, che aveva sentito la moto e lo sparo. Rotonda, sui sessant'anni, capelli corti rosso prugna, una fiammata di un palmo abbondante sopra la testa che la faceva sembrare un po' più alta del suo metro e cinquantadue, uno sguardo di perenne disprezzo verso il mondo, l'attitudine sbrigativa e agitata di chi ha molto, troppo da fare, perfino ad Araxá do Oeste, dove nessuno ha mai troppo da fare, perfino la sera al bar, perfino con un morto per strada. Ciabatte, naturalmente, come quasi tutti gli altri, ma con un vezzo: ne possedeva diverse paia, colori scelti in tinta con la canottiera stampata del giorno (in quel momento: viola le ciabatte, viola la canottiera), tutte personalizzate con una piccola stellina di plastica lucida all'incrocio delle fasce, tra l'alluce e le altre dita. Che fumasse troppo lo si vedeva, naturalmente, ma soprattutto lo si sentiva in occasione delle sue cupe, rochissime risate, usate generosamente come punteggiatura di osservazioni acide, opinioni critiche non richieste e battute ironiche di limitatissimo gusto. Al collo, la medaglietta di una madonnina di Aparecida, giù nello stato di San Paolo, dove una sua cugina era andata una volta in pellegrinaggio. Con un perentorio «Io di nuovo i poliziotti nella mia pousada non li voglio!» e una risata breve e più forzata del solito, aveva convinto gli altri a disfarsi del corpo di Arturo senza informare le autorità. Così com'era arrivato dal nulla, sarebbe sparito altrettanto nel nulla. D'altra parte, nessuno sapeva neanche come facesse di cognome, il povero Arturo, né da dove venisse. Kaufmann stesso ammise che nemmeno la polizia svizzera, in quel caso, sarebbe riuscita a combinare qualcosa. Padre Romero promise di occuparsene l'indomani, mentre Jackson gli serviva un altro bicchiere abbondante di cachaça. Il prete lo svuotò, ricordando nuovamente ad alta voce quanto piacesse la cachaça anche al povero Arturo. Promise di seppellirlo lui stesso il mattino seguente nel minuscolo cimitero dietro la chiesa. Un onore, per un uomo senza cognome che nel villaggio era riuscito a fare una timida simpatia un po' a tutti.

Kaufmann si alzò dalla poltrona da lavoro, dopo aver ripensato all'ultima notte del meccanico Arturo, e fece un giro in tondo nell'ufficio, sbuffando.

«Ramiro, questo caffè mi serve veramente. Vallo a dire ad Angela, per favore.»

«Doutor! Ma veramente pure con Angela se la fa?»

«Ramiro! Il caffè nel senso di quello che si beve!» abbaiò Kaufmann.

Ramiro uscì di corsa, per non provocare ulteriormente il capo, soddisfatto di aver finalmente ottenuto una risposta alla sua semplicissima domanda: dopo l'arresto e la moqueca, l'ingegnere voleva farsi una scopata con Cleide o semplicemente bere un caffè zuccherato? Entrambe le cose, evidentemente, e in un ordine ben preciso.

L'ingegnere nel frattempo aprì un foglio di calcolo. Nuovo. Pulito. E cominciò a strutturarlo per mettere insieme note, appunti, osservazioni e sospetti sul caso del meccanico Arturo, morto sparato e poi disseppellito e bruciato. Con un foglio di calcolo fatto bene e un po' di tempo, attenzione e intelligenza, si può risolvere tutto, sosteneva Kaufmann. Perfino in Brasile.

Dopo la solita giornata di lavoro alla Missione commerciale presso il Consolato brasiliano a Zurigo, la signora Maria Eduarda Keller, come ogni sera, chiuse distrattamente il foglio di calcolo con la lista delle imprese brasiliane in Svizzera – senza salvare perché di modifiche in otto ore di lavoro non ne aveva fatte –, prese la borsa a fiori, salutò i colleghi e uscì senza fretta. Passò a comprare il pane e il latte fresco e salì le scale di casa, in Olgastrasse.

Ormai da cinque anni in Svizzera, si era calata perfettamente nel ruolo della cretina superficiale che il mondo le aveva cucito addosso. D'altra parte, i concorsi per il ministero di solito si vincevano per parentela, amicizia o torride storie di letto: che ci poteva fare, lei, se invece quasi per caso il suo posto l'aveva vinto per abilità e competenza? Non ci avrebbe comunque creduto nessuno, al consolato. Come non ci aveva creduto nessuno nel paesino di Vargem Bonita, in Minas Gerais, dov'era nata e cresciuta, e da cui era andata via a sedici anni con molta più forza di volontà che risorse. E quando l'avevano mandata a Zurigo, prima tappa estera dopo la formazione a Brasilia, aveva anche scoperto che una brasiliana mulatta e procace come lei, lo sanno tutti, dev'essere venuta per praticare un certo mestiere, e non per stimolare il commercio estero. Insomma, si era ammazzata di fatica per studiare, laurearsi in legge, passare l'esame di stato da avvocata, vincere anche un concorso... ed essere considerata una prostituta, o per lo meno una che andava a letto col capo.

Dalla disperazione nera di questo dato di fatto l'aveva salvata Lukas, incontrato per caso al lago – lo aveva investito col pedalò, lui in canoa, mentre era sovrappensiero, e soprattutto già ubriaca alle dieci del mattino. Che Lukas non fosse un genio, lo capiva chiunque dopo due o tre frasi. E lo aveva capito rapidamente anche Maria Eduarda, nonostante la sua limitatissima comprensione della lingua locale, quando Lukas aveva rinunciato, sia pure malvolentieri, alla constatazione di sinistro. In compenso però era buono, perbene, onesto, affettuoso e – rinfrescante novità, dopo sei mesi da sola a Zurigo – anche abbastanza carino. E incredibilmente poco razzista, lui. Il resto della famiglia no, non era certamente entusiasta del loro matrimonio, ma per fortuna si vedevano poco: stavano a Oberkirch, circa un'ora di macchina, e quindi consideravano una visita a Zurigo quasi come un viaggio all'estero.

Maria Eduarda si era rapidamente abituata a quella vita non sua: un lavoro che non le interessava, un marito semplice e rassicurante, una routine organizzata e puntuale, gli amici della scuola di samba di Zurigo il giovedì sera, la tranquillità dell'eterno non divenire. Un po' di cachaça per i momenti di stress, un po' di cachaça per quelli di relax, un po' di cachaça per riempire i vuoti tra stress e relax. Se non si poteva chiamare felicità, almeno serenità sì, e non era poco.

All'inizio aveva anche fatto degli sforzi per migliorare le cose qua e là. Alla scuola di samba, per esempio, aveva trovato un gruppo di gringos alle percussioni, con molta buona volontà e meno competenza tecnica, e soprattutto senza il ritmo e l'energia nel sangue che una vera batteria di samba dovrebbe sentire a ogni respiro. Di ritmo ed energia Maria Eduarda ne aveva fin troppi, e voleva metterli al servizio della comunità. All'inizio aveva provato a correggere discretamente uno strumentista per volta. Due parole alle ragioniere coi tamborim, un commento rapido al dentista con il surdo che non riusciva a contare i quattro tempi, un suggerimento alla cassiera del supermercato che teneva l'agogo al contrario. Dopo due mesi aveva esaurito le possibilità, con scarsissimi miglioramenti, e aveva chiesto la parola in una specie di assemblea semiformale del gruppo, in cui una volta al mese il tesoriere rendicontava le pochissime spese e le ancor più magre entrate. E lo aveva detto senza mezzi termini, tanto era Zurigo e non Diamantina, e le cose lì andavano dette in faccia: quella roba lì con il samba non c'entrava niente. Non più che con il mambo o la mazurca. «Ma la mazurca è in tre quarti!» aveva risposto piccato un ragazzotto sulla trentina, professore di educazione musicale in una scuola media pubblica, che pretendeva di saperne. Duda non si era lasciata intimidire. «Certo. Lo so. E in teoria voi dovreste saperlo anche, che il samba è un ritmo in quattro quarti. Ma siccome non lo tenete, ogni tanto sembra quasi un valzerino di montagna.» Shock, indignazione, costernazione. Perfino una lacrima all'angolo dell'occhio destro di una sonaglista di seconda fila. «Però ho anche due buone notizie. La prima è che evidentemente ci tenete, e questo è fondamentale; la seconda è che il ritmo giusto ve lo posso insegnare io.»

Aveva cominciato dai fondamentali. Senza strumenti: solo il corpo e una base registrata. Prima i piedi: un passo avanti, uno indietro. Uno avanti, uno indietro. Man mano, movimenti sempre più elaborati, ma sempre tornando allo stesso posto, perché il samba è la metafora perfetta del Brasile: ci si muove molto, con fatica ed entusiasmo, con gioia ed eleganza, con sforzo eroico e passione travolgente, per ritornare inesorabilmente al punto esatto da cui si era partiti. Avanzare, mai. Poi erano passati agli applausi sincronizzati, con le sillabe da scandire per tenere il ritmo: Zu-rich! Zu-rich! Bern! Bern! *Cla-clap, cla-clap*, *claap*, *claap*, «visto che ora le crome e le semiminime le avete capite?». E via così, per oltre due mesi. Quando li aveva finalmente autorizzati a riprendere in mano gli strumenti, erano un gruppo trasformato. Disciplinato ed euforico allo stesso tempo: come ci si deve aspettare da una vera batteria. In meno di un anno, era riuscita perfino a insegnare a un belga, amico del professore delle medie, come suonare la cuíca, strumento difficilissimo di cui il gruppo disponeva ma dal quale nessuno era mai riuscito a estrarre un suono decente. Andando a ritmo e con la cuíca, quel gruppo di gringos sembrava quasi brasiliano. Magari di San Paolo, ecco, non certo carioca o nordestino. Ma ci si poteva accontentare eccome.

Poi però aveva provato anche in consolato, e aveva smaltito tre mesi di pratiche arretrate del reparto in meno di tre giorni di lavoro; ma al terzo giorno Orestes, due scrivanie più a destra, l'aveva presa sottobraccio e accompagnata alla macchinetta del caffè. Lì le aveva raccontato la storia di una sua conoscenza a Brasilia, che al ministero delle Città e dello sviluppo regionale aveva fatto talmente tanto e talmente bene nei suoi primi giorni di lavoro da attirare l'attenzione dei suoi superiori. Peccato che avesse anche ricevuto una denuncia interna per aver rubato quaderni, penne e materiali di cancelleria. Ed effettivamente li avevano trovati nel cassetto della sua scrivania, chiuso a chiave: segno evidente, secondo la commissione interna d'inchiesta, dell'intenzione criminale. L'avevano sospesa, poveretta, e dopo un mese trasferita nella sede distaccata di Piracuruca, nel Piauí. Maria Eduarda sapeva perfettamente che la sede distaccata di un ministero nel Piauí, al massimo, sarebbe stata nella capitale Teresina, e non certo in una cittadina da trentamila abitanti; per cui fece capire chiaramente a Orestes di aver recepito il messaggio e adottò prudentemente i ritmi di lavoro più rilassati dei suoi colleghi.

Da quel momento in poi, la buona volontà e la caparbietà le investì tutte nel progetto di tropicalizzazione dei "suoi" gringos: i batteristi della scuola di samba di Zurigo, che cominciavano ad avere una dinamica anche abbastanza divertente, e soprattutto Lukas, il cui portoghese migliorava di giorno in giorno.

Come ogni sera, mentre cercava le chiavi nella borsa a fiori, Maria Eduarda selezionava mentalmente cosa raccontare al marito per fare esercizio di conversazione in portoghese durante la cena. Gli ultimi sviluppi della novela di Rede Globo, per cominciare: ne aveva parlato con Maristella del servizio Passaporti, lei aveva una specie di app pirata sul cellulare che funzionava a giorni alterni e le permetteva di vedere un episodio su due. Per il finale della novela precedente si era perfino puntata la sveglia all'una di notte, e l'aveva visto dal vivo, commentandolo in tempo reale via Twitter con una sua cugina di Recife.

Poi c'era stata una riunione preliminare alla vera riunione di preparazione del budget dell'anno seguente: una brillante trovata del suo capo, che aveva così messo tutta la squadra al corrente delle sue intenzioni audaci e radicali per la riunione di preparazione del budget: avrebbe richiesto sì un aumento indicizzato all'inflazione, ma stavolta tarato sull'inflazione brasiliana anziché su quella svizzera.

E aveva perfino ricevuto una vera telefonata da parte di una vera impresa veramente svizzera con una vera intenzione di acquistare e commercializzare parquet in vero legno amazzonico veramente estratto e processato in Brasile. Ma siccome la telefonata era arrivata due minuti prima della pausa caffè con Aline del servizio notarile, l'aveva liquidata con due indirizzi trovati alla svelta su Google. Uno pareva un po' cinese, a dire la verità, ma d'altra parte l'impresa avrebbe dovuto fare un po' di selezione, e alla fine comunque non avrebbe concluso nulla, perché in cinque anni di missione commerciale un'impresa svizzera che riuscisse a fare affari produttivi e di successo col Brasile non l'aveva ancora trovata. Che poi, povera Aline, altro che novela di Rede Globo, se si fosse messa a scrivere dei suoi guai avrebbe potuto fare la sceneggiatrice, tra un'autentica e una procura! Ecco, sì, senz'altro, prima di tutto a Lukas avrebbe raccontato di quel gran porco dell'ex fidanzato di Aline, pensò Maria Eduarda, quando finalmente trovò le chiavi nella tasca laterale della borsa a fiori dove le aveva riposte meno di cinque minuti prima, dopo aver aperto il portone.

«Lukas! Sono a casa!» cinguettò aprendo la porta. Lasciò cadere la borsa sulla poltrona zebrata dell'ingresso – un sofisticatissimo contrasto visuale che aveva scoperto sul profilo Instagram di una interior designer di San Paolo, e che le faceva sempre piacere riprodurre, ogni sera. Pane sul tavolo della cucina, latte in frigo. «Lukas?» chiamò di nuovo. Nessuna risposta.

Lo trovò in bagno, in mutande, calzini e camicia celeste, due cravatte in mano, davanti allo specchio.

«Lukas! Ma che fai?»

«Quella blu o quella rossa?»

Quella blu era a righe. Blu marino opaco e carta da zucchero brillante. Brutta senz'altro, ma non peggiore di tutte quelle che il marito usava ogni giorno per andare in ufficio. Quella rossa aveva una specie di disegno etnico orientaleggiante in toni arancio e marrone: Maria Eduarda non l'aveva mai vista. Intollerabile in qualsiasi contesto, pensò. Lukas mio, sei adorabile, perfino in mutande e calzini, ma resti pur sempre svizzero. Non hai nessun senso del colore, e io non riuscirei a insegnartelo neanche se vivessi cent'anni.

Cercò di prendere tempo. «Lukas, meu amor, ma non la puoi scegliere domani mattina la cravatta?»

«No, no!» rispose il marito sorridendo e accennando alla valigia aperta sul letto matrimoniale.

«Oddio, Lukas, ma che succede?»

«Vado in Brasile, Duda mia! Parto stanotte!»

Maria Eduarda si sedette accanto alla valigia. Le avventure poco raccomandabili dell'ex fidanzato di Aline del servizio notarile avrebbero dovuto aspettare. D'altra parte, pensò, domani la storia più incredibile da raccontare in ufficio ce l'avrò io.

«Ma cosa stai dicendo?»

«Viaggio di lavoro! Una perizia!»

«Lukas, l'ultima volta che hai viaggiato per una perizia è stato a novembre di due anni fa e sei andato a Lucerna, andata e ritorno in giornata. Me lo ricordo benissimo perché è stata la settimana dell'upgrade dei sistemi operativi in consolato, un casino che non ti dico, anzi, appunto, un casino che non ti ho detto perché sei tornato talmente tardi che non riuscivi a trovare un taxi dalla Hauptbanhof a casa. Che poi era anche l'epoca in cui Aline aveva quei colpi di sole terrificanti, poveretta, sembrava una tigre invecchiata...»

Lukas la interruppe. «Duda. Quale cravatta, per il cliente in Brasile?»

Maria Eduarda lo guardò fisso, si ricordò dell'impossibilità di quello che le stava succedendo e insistette: «Lukas, tu fai perizie finanziarie, tutte a Zurigo. A Lucerna sei andato perché sospettavano il perito stesso.»

«E l'ho beccato, infatti!» la interruppe Lukas con orgoglio. «Quale cravatta?»

Duda riprese: «Ma perché dovresti andare tu a fare una perizia a San Paolo? Non avete una filiale lì?»

Tra il pedante e l'entusiasta, Lukas spiegò: «Certo che l'abbiamo! E infatti le perizie sul mercato brasiliano le fanno loro. Ma in questo caso succede che a San Paolo non hanno trovato nessuno che volesse andare fino alla sede del cliente. E quindi c'è un processo di gerarchie regionali e funzionali che riportano alla sede centrale, per garantire continuità e celerità al cliente.»

Duda si insospettì. «Aspetta un attimo. Dov'è che sta, questo cliente?»

La mattina dopo, la percezione alterata da quel mix di adrenalina e stanchezza di chi non ha dormito neanche un minuto nella notte in aereo immaginando chissà quali avventure, Lukas aveva passato le due ore di taxi nel traffico mandando ottantasei messaggi a Duda. Che meraviglia, il Brasile. Che spettacolo, San Paolo. I riflessi del primo sole sulle acque placide del Rio Tietê. L'infrastruttura multilivello. L'architettura audace e contemporanea. L'immensità della giungla urbana che gli faceva già pregustare l'immensità della giungla, quella vera, l'indomani. E che gentilezza, che cordialità, quel tassista! Leggendo alcuni dei messaggi ad alta voce alla collega Aline, a Duda venne il dubbio che Lukas avesse sbagliato aereo. Ma aveva chiesto e ottenuto che il marito le segnalasse la posizione del cellulare in tempo reale per tutta la durata del viaggio, ed effettivamente in quel momento appariva sulla Marginal Pinheiros, probabilmente diretto alla filiale brasiliana delle Assicurazioni Generali Cantonali Svizzere, a San Paolo.

Il tempo di una rapida riunione di preparazione – che gentilezza, i periti brasiliani! Che entusiasmo nel ringraziarlo per aver accettato di andare al posto loro! – e di un paio di caffè con altrettanti sovrintendenti regionali che non volevano perdere l'occasione di stringere rapporti con un rappresentante della casa madre, e poi Lukas si era chiuso in una sala riunioni da solo con i faldoni del caso Kaufmann. Una segretaria – che sorriso! Che disponibilità! – era entrata a un certo punto per chiedergli se avesse bisogno di aiuto per prenotare aereo, albergo e automobile per il viaggio, ma Lukas le garantì che tutte le questioni logistiche erano già state risolte prima della partenza direttamente da Zurigo. «Contento lei...» rispose perplessa la disponibilissima e sorridente segretaria locale, e si limitò a prenotare per Lukas un taxi per tornare all'aeroporto di Guarulhos quella sera stessa e proseguire da lì per Porto Velho.

Il primo errore Lukas l'aveva commesso mettendo fretta a una apatica banconista dell'autonoleggio di Porto Velho, dopo la seconda notte in bianco di fila, in aereo. Voleva andare via il più rapidamente possibile, e magari fermarsi per un vero caffè come si deve in una piacevole area di sosta lungo l'autostrada nella foresta. Tutti concetti che – se ne sarebbe accorto in breve – in realtà da quelle parti non esistevano neanche. La fretta, innanzitutto: nello stato di Rondônia proprio non usava. La velocità di esecuzione della banconista non era mai cambiata, nonostante un crescendo di esortazioni un po' in portoghese, un po' in tedesco, un po' a gesti. In compenso era cambiato il portachiavi della macchina, e Lukas si era ritrovato con una Fiat Uno beige la cui aria condizionata funzionava soltanto sotto i trenta chilometri orari, e senza gps. Il vero caffè come si deve, poi, secondo gli strettissimi parametri che Lukas aveva adottato da un collega d'ufficio italiano, non sapevano cosa fosse. E non c'erano molte aree di sosta lungo la strada, piacevoli o no. Quanto all'autostrada, era uno stradone largo a quattro corsie, pieno di semafori, che finiva praticamente dove finiva la città; da lì in poi, bisognava continuare per un po' su una statale tortuosa, a doppio senso, piena di camion e di buche. Poi, sterrato. I circa quattrocento chilometri di distanza («Massì, è come se dovessi guidare da casa fino a Francoforte, che vuoi che sia») anche un guidatore esperto della regione li avrebbe fatti in nove o dieci ore. Tre giorni dopo la data prevista, il perito assicurativo Lukas Keller ad Araxá do Oeste non era ancora arrivato, e la Doutora Maria Eduarda Keller, del Consolato generale del Brasile a Zurigo, era finalmente riuscita ad avere al telefono la signora Marisa Pontes, della polizia dello stato di Rondônia.

4

Aguiar e Mourão, col passare dei giorni, si erano accomodati in una specie di routine. Mangiavano bene e con soddisfazione, colazione pranzo e cena, grazie al talento della cuoca Angela. Da Estrela proprio comodi non stavano, ma avevano cominciato a trattare per essere spostati in una camera di lusso come quella che avevano visto un giorno per caso passando in corridoio, quella coi cuoricini e la decorazione gringa. E almeno una persona al giorno la riuscivano a interrogare, tra una pausa di riflessione nelle amache e una sessione di ricerca di indizi con la pala nella cenere. Kaufmann aveva provato a spiegare che nella cenere non avrebbero trovato nulla di utile, ma alle sue obiezioni il viceispettore aveva risposto – giustamente, peraltro – che secondo Kaufmann nella cenere non avrebbero dovuto trovare neanche il cadavere, tanto per cominciare.

Erano rimasti particolarmente impressionati dalla testimonianza di dona Estrela, la proprietaria della pousada. Aveva spiegato loro che grazie a una particolare devozione alla Madonna, che animava tutti gli abitanti di Araxá do Oeste, di omicidi oramai ne capitavano pochissimi. Un fatto impressionante, in una regione in cui le liti scoppiavano facilmente e finivano spesso a coltellate. Il comune più vicino, la cui frontiera amministrativa passava a circa tre ore di strada da Araxá do Oeste in direzione Mato Grosso, manteneva da oltre otto anni il triste record nazionale del più alto tasso di omicidi per abitante. Ad Araxá, invece, si moriva praticamente soltanto di cause naturali, e neanche tanto spesso. Certo, c'erano stati degli incidenti in passato, come in tutti i villaggi. Ma la guida spirituale di padre Romero aveva cambiato le cose. Forse aveva calmato gli animi. O magari aveva ottenuto un occhio di riguardo dal cielo, chissà. Ma il fatto era che di morti ammazzati non se ne vedevano più da tempo – anzi, dona Estrela sospettava che il cadavere trovato nella sala macchine di Kaufmann l'avessero portato lì da un'altra regione, solo per dispetto.

«Padre Romero, buongiorno, che piacere. Le posso offrire un caffè?»

Il vecchio prete, affacciato alla porta dell'ufficio di Kaufmann, aveva un affanno visibile e il viso paonazzo, come se fosse venuto di corsa dalla chiesa. Ma lì nessuno correva mai, con trentacinque gradi fissi. Era un uomo alto e magro, dall'aria relativamente elegante – soprattutto rispetto al contesto generale – perfino in quel frangente.

«Buongiorno, Florian. No, grazie, devo tornare subito in sacrestia e richiamare. Sono venuto di corsa!»

«E richiamare chi? Non faccia così, su, entri, si accomodi. Il tempo di un caffè si trova sempre.»

L'ingegnere si avvicinò al mobiletto bar, versò un bicchiere d'acqua da una caraffa scostando la retina di protezione per gli insetti e lo porse al prete, che si era lasciato convincere dalla poltrona a fiori; poi preparò due tazze di caffè versandole da un thermos bianco, avvicinò una sedia alla poltrona e si sedette anche lui.

«Grazie, Florian. Comunque devo tornare subito, devo richiamarlo subito, don Reinaldo!»

«E chi è don Reinaldo?»

«Oh, un vecchio amico fin dagli anni del seminario, a San Paolo. Adesso sta a Baruerinho.»

«Non ho idea di dove si trovi Baruerinho.»

«Ah, Florian, un posto talmente perduto nella foresta che non so nemmeno come ci sia arrivato. Oltre centocinquanta chilometri di sterrato, c'è un bivio prima di Castanhal Grande, poi...»

Kaufmann lo interruppe: «E avrà dato fastidio al vescovo pure lui, no? Lei in questa vibrante metropoli come c'è arrivato?»

Come tutti nel villaggio, Florian sapeva benissimo che padre Romero aveva scoperto una vocazione tardiva per la pastorale di frontiera a causa di uno scandalo finanziario in una ricca parrocchia di Cuiabá, messo rapidamente a tacere da un efficientissimo vescovo col trasferimento del responsabile in un'altra parrocchia, in mezzo alla foresta.

«Non è questo il punto!» rispose il prete piccato, e cambiò immediatamente discorso. «Comunque, don Reinaldo e io ci sentiamo regolarmente e ci scambiamo qualche idea sulle dinamiche delle rispettive comunità. Quindi sa benissimo che qui ci sei tu.»

«Padre Romero, con tutto il rispetto, non mi sembra proprio di far parte della sua parrocchia. Che sono ateo lo sanno anche i tronchi nel patio della segheria.»

E infatti Florian nella chiesetta di padre Romero non andava mai durante gli orari delle funzioni religiose. Però il prete ogni tanto lo frequentava, perché alla fine era l'unica persona in tutto il villaggio che avesse letto qualche libro, e con cui poteva perfino parlare di letteratura, quando non era troppo ubriaco.

«E appunto! Sei gringo, ateo, e pure sporcaccione. Perfino don Reinaldo prega ogni settimana per la salvezza della tua anima, Florian.»

«Padre Romero, ascolti, non è la giornata adatta. Ci sono quei due dementi di poliziotti in giro, l'assicuratore ancora non è arrivato, e senza assicuratore non posso ricostruire tutto quello che ho perso nell'incendio.»

«Ma io proprio per questo sono venuto. Vedi, Florian, tu puoi anche non credere nel Signore Gesù Cristo, ma questo non impedisce che il Signore Gesù Cristo creda in te. E che ti dia anche una mano.»

Florian perse la pazienza e sbottò: «Padre Romero, se dico che non è giornata, non è giornata!» Ma si rese subito conto che buttare fuori il prete del villaggio sarebbe stata una pessima idea. Una gran soddisfazione, certamente, ma comunque una pessima idea, soprattutto agli occhi dei poliziotti. «Mi scusi, padre. Come le ho spiegato, è un momento difficile. Arriviamo al dunque, per cortesia.»

«E ci arrivo, ci arrivo, al dunque. Credo di aver trovato il suo assicuratore! Si chiama Lukas Keller, vero?»

Ecco, questo l'ingegnere certamente non se l'aspettava. Il prete si godette per qualche istante l'espressione di sorpresa e l'attesa curiosa dell'ingegnere, poi proseguì.

«Nostro Signore Gesù Cristo l'ha guidato fino al villaggio di don Reinaldo. È arrivato assetato e in preda a una specie di delirio ed è entrato in chiesa disperato. Dopo aver bevuto tre birre di fila, ha spiegato a don Reinaldo che stava cercando da giorni un gringo nella foresta. E lui mi ha telefonato subito.»

«Ma come ci è finito a Birizinho?»

«Baruerinho.»

«Uguale. Come ci è finito?»

«Le vie del Signore sono infinite, Florian. Ma anche quelle della foresta non sono poche, direi. Si sarà perso. Comunque ora vado e avverto don Reinaldo che il suo gringo sta cercando proprio te.»

«Aspetti un minuto, padre Romero. Gli dica anche di tenerselo lì. Di farlo mangiare, bere e riposare. Mandiamo Ramiro a recuperarlo, altrimenti quello si perde di nuovo. I poveri della parrocchia di don Reinaldo, secondo lei, di quanto hanno bisogno?» aggiunse, allungando la mano verso il libretto degli assegni.

Per telefono, Maria Eduarda non aveva ottenuto un bel niente. La signora Marisa aveva capito bene la situazione (o almeno, così diceva) e si era impegnata a informarla di qualsiasi sviluppo. Aveva perfino recepito la denuncia della scomparsa di Lukas via posta elettronica, con la firma di Maria Eduarda autenticata a vista da Aline e tre foto recenti in allegato: una procedura che avrebbe richiesto, in mancanza di buona volontà e cooperazione tra dipendenti pubblici, almeno un paio di settimane, se non di più. Ma era stata chiara sul fatto che l'unica squadra investigativa che era riuscita a mandare ad Araxá do Oeste aveva altre priorità: un bel cadavere anonimo in un incendio. Che naturalmente non poteva appartenere a Lukas, aveva aggiunto subito per rassicurarla: quello era un caso aperto da oltre dieci giorni, da uno che peraltro le era sembrato molto più interessato a sporgere denuncia per l'incendio che preoccupato per il cadavere che gli avevano trovato in fabbrica.

Concretamente, a Duda rimaneva una sola possibilità.

Svuotò in un sorso una caipirinha un po' troppo generosa, riempì la borsa a fiori con un po' di biancheria di ricambio, uno spazzolino, il cellulare (scarico, naturalmente) e due barrette di cereali, scelse un paio di scarpe comode e uscì. Chiuse la serratura principale, due mandate al chiavistello di sicurezza superiore, altre due a quella inferiore, mise le chiavi nella borsa alla rinfusa, fece un bel respiro e cominciò a scendere le scale. Si fermò, tornò su, recuperò le chiavi, riaprì la porta. Sciacquò e asciugò il bicchiere e rimise la bottiglia di cachaça in seconda fila dietro a quella, intatta, del whisky di Lukas. Poi richiuse la porta dietro di sé e ricominciò a scendere. Decise di ignorare lo squillo del telefono, dentro casa: per aprire di nuovo ci avrebbe messo troppo, e aveva poco tempo per prendere un taxi e arrivare in aeroporto in orario per il volo per Brasilia. Tanto, al telefono di casa chi ti chiama più? Sarà stato un call center, pensò.

Non avendo risposto alla telefonata di Lukas, e non sapendo quindi cosa gli era successo, Maria Eduarda arrivò circa venti ore dopo al commissariato di polizia di Porto Velho, dove posteggiò una Fiat Uno beige quasi identica a quella che aveva noleggiato suo marito qualche giorno prima; con l'aria condizionata in ottima forma, però, visto che lei alla banconista aveva fatto simpatia, evidentemente. Salì all'ammezzato amministrativo, come da indicazioni di un solerte agente di guardia che era passato rapidamente da un tono di sufficienza e sospetto (ma vedi che la pelle ce l'hai scura anche tu, eh, pensò Duda con un po' di tristezza) alla deferenza più rispettosa, non appena lei gli aveva mostrato il tesserino dell'ordine degli avvocati: il tesserino ha un miracoloso effetto sbiancante sulla pelle, in Brasile, quasi come le carte di credito platinum.

Trovò Marisa Pontes seduta alla sua scrivania, un'anonima postazione in formica bianca e paretine di feltro azzurro che, uguale a tante altre in quel commissariato come in migliaia di altri uffici pubblici, non tradiva il potere reale detenuto da chi l'occupava. Sulla cinquantina, un vestito di seta arancione a fiori azzurri, capelli corti, mossi, tinti di un castano con leggeri riflessi rossi, orecchini discreti, occhialini da lettura sul naso, tenuti da una sottile catenella d'oro intorno al collo. Vistosamente fuori luogo, una signora così elegante, seduta a una scrivania brutta come quella.

Senza fretta, Marisa Pontes prendeva uno alla volta dei dossier da una pila sul lato sinistro della scrivania; aggiungeva a ciascuno un formulario A4, firmava il foglio in calce, alla dicitura IL COMMISSARIO DI POLIZIA DI PORTO VELHO, e li accatastava di nuovo sul lato destro, pronti per l'archiviazione. Duda la osservò per un po', sperando che si interrompesse spontaneamente. Poi però prese coraggio e la interruppe, tossicchiando.

«Dottoressa Pontes?»

La Pontes non alzò gli occhi dai suoi dossier.

«Dottoressa no, Pontes sì. Mi dica.»

«Sono Maria Eduarda Keller. Ci siamo già sentite per telefono.»

Marisa Pontes lasciò cadere la spillatrice per la sorpresa. Certamente non se l'aspettava a Porto Velho, la signora Keller. E di quel poveretto di suo marito, purtroppo, non aveva comunque nessuna notizia. Ma se per telefono si erano capite abbastanza in fretta, dal vivo si fecero addirittura un'istintiva simpatia; il che, per Marisa, era anche un fenomeno abbastanza raro. Marisa era «quella stronza», per le signore della città. «Quella stronza» che aveva scelto di contare e decidere, invece di occuparsi del prato, del cane e della piscinetta nel villino del marito, come dovrebbe fare una donna perbene. Erano molto più maschiliste loro dei rispettivi mariti, per certi versi. E a quello stesso maschilismo, quindi, educavano figli e figlie.

«Signora Keller! Ma che ci fa qui?»

«Ci faccio che lei un agente da assegnare per cercare mio marito non ce l'ha. Lo so. E quindi ci vado io.»

Ecco, pensò Marisa Pontes, quindi non era solo ubriaca, è proprio fuori di testa del tutto. Qui siamo a livelli senza precedenti. Una cosa è innamorarsi di uno svizzero, un'altra è andarlo a cercare in mezzo alla foresta. Simpatica, però. Determinata. Una pazza da rispettare, insomma. E poi i pazzi, i bambini e gli ubriachi Dio li aiuta. E chi sono io per oppormi alla volontà di Dio? Va bene, aiutiamola.

«Signora Keller, lo capisce che io più di tanto non posso fare, vero? Lei è anche avvocato, quindi le carte del caso di suo marito gliele posso passare praticamente tutte. Ma per fare un'indagine non basta il tesserino dell'ordine degli avvocati, sa, un vero distintivo fa la differenza in certi casi, e io certamente non posso fornirgliene uno. Lei penserà: magari c'è un'agente in ferie, o in maternità, e il suo distintivo sta nel primo cassetto e basterebbe che me lo prestasse, ma non potrei mai, sarebbe un reato naturalmente, mica posso rischiare la carriera così, ci mancherebbe; senta, io ho bisogno di un caffè, lei lo vuole? Glielo porto volentieri io.»

«Ma no, si figuri, l'accompagno.»

«Signora Keller, la macchinetta è dall'altro lato dell'ufficio, e mi sembra che il soggiorno in Svizzera le abbia fatto male. Se le dico che glielo porto io, glielo porto io. Rimanga pure qui, comoda.»

Marisa Pontes aprì lentamente e completamente il primo cassetto della scrivania. Accanto a un piccolo posacenere pieno di monetine e a un mucchio di bustine di zucchero, c'era un distintivo. Contò le monetine una alla volta, per dare il tempo a Maria Eduarda di notare il distintivo. «Uno, uno e venti, uno e settanta, uno e ottanta, due, due e cinquanta, due e sessanta, due e ottanta, ecco, ci siamo. Lo zucchero lo vuole?» Prese due bustine, richiuse il cassetto e si allontanò.

Dieci minuti dopo, tornò senza caffè. «Niente da fare, guardi, il solito guasto. Sa che facciamo? Ce ne andiamo direttamente a pranzo, tutte e due. Così per lo meno non deve affrontare la sua ricerca a stomaco vuoto.»

«Ma sono le undici!»

«Allora prima prendiamo l'aperitivo.» Riaprì il cassetto, mise a posto le monetine e le bustine, notò l'assenza del tesserino, richiuse. Prese la borsa e si diresse verso l'uscita. Maria Eduarda la seguì. Attraversarono la strada per entrare nel centro commerciale di fronte al commissariato. Dalla porta girevole uscivano due agenti che salutarono

Marisa Pontes con un cenno del capo e un sorriso a metà. Lei si fermò di colpo, si diede una teatralissima manata sulla fronte e altrettanto teatralmente esclamò: «Toh, che sbadata, ho dimenticato di chiudere a chiave il cassetto. Speriamo che nessuno tocchi il distintivo di Camila Nunes, sarebbe impossibile scoprire chi l'ha preso.» Duda le sorrise. Nella borsa, il distintivo dell'agente Nunes era sotto il portafogli pieno di fotografie di Lukas. Speriamo che almeno mi somigli un po', pensò Maria Eduarda. Ma posso sempre dire che la foto è venuta male.

Entrarono nel centro commerciale, uno di quei luoghi terrificanti che pretendono di essere ricchi e sofisticati nelle città più periferiche e tragicamente ingiuste del Brasile. Lei non ci avrebbe neanche fatto caso – ne aveva visti tanti, nella vita – se non avesse vissuto a Zurigo per qualche anno. Sorrise a se stessa, quasi a volersi prendere un po' in giro: mica starai diventando un po' gringa pure tu, Duda?

L'immancabile Coco Bambu, filiale massificata di un ristorante nordestino dopato da iniezioni successive di investimenti di fondi di private equity un po' troppo entusiasti, apparve subito come l'ovvia destinazione chic scelta da Marisa per la sua ospite semigringa.

Dopo due abbondanti caipirinhe, davanti a una porzione esagerata di gamberetti in crema di zucca (a circa duemila chilometri dall'accesso al mare più vicino, e a oltre tremila dalle coltivazioni di zucche, nel Sud) Maria Eduarda si rilassò e cominciò a raccontare. Senza filtri e senza remore, per una volta. Anche perché la signora Pontes, che nel frattempo era passata al tu, sembrava capirla al volo.

«Ma certo che in consolato dicono tutti che vai a letto col capo, tesoro. Lo penseranno sempre. Non c'è molto da fare.»

«Lo dicono anche di te?»

«Certo che lo dicono. Nel mio caso è anche vero.»

Maria Eduarda tossì un gamberetto che le era andato di traverso.

«E su, non fare così! Una decina d'anni fa ho capito che i miei colleghi maschi avrebbero comunque attribuito qualsiasi movimento di carriera al letto. O tutt'al più al divano. Tra la calunnia immotivata e la scelta strategica, preferisco la scelta strategica. Vedi, in quel cassetto, oltre al distintivo dell'agente Nunes, che probabilmente non ritroverò e la cui scomparsa dimenticherò di denunciare, c'è una delle tante copie dell'antologia di filmini zozzi che ho girato col capo della polizia. Suoi, e di mezzo mondo politico in Rondônia. E quindi comando io. Lui in ufficio viene ogni tanto, una o due volte al mese, e per il resto va a pesca e si occupa della sua fazenda e delle sue vacche. Ogni tanto gli faccio fare una conferenza stampa sui risultati più eclatanti di un'indagine.»

«Magari la prossima la farà sul ritrovamento di un gringo nella foresta.»

«Spero proprio di sì, ma dipende tutto dall'abilità dell'agente Nunes. Per ora, sappiamo solo che Lukas Keller è partito dall'aeroporto alle otto del mattino di giovedì scorso su una Fiat Uno beige, diretto alla segheria del suo compatriota e cliente Florian Kaufmann, dove avrebbe dovuto effettuare una perizia su un incendio, e dove peraltro è stato trovato un cadavere. E qui ci fermiamo.»

«E qui l'agente Camila Nunes, se non fosse in maternità, andrebbe innanzitutto a chiedere nelle aree di servizio lungo la strada, perché due metri di gringo biondo non passano inosservati, e soprattutto perché ha saputo dalla moglie che il suddetto gringo biondo ha un'insolita passione per le stazioni di servizio, quindi sicuramente ne avrà visitata qualcuna.»

Marisa sorrise. «Non credo proprio che lo farebbe. L'agente Nunes è un'imbecille completa. Non le verrebbe mai in mente. In confronto, quelli che stanno indagando sul cadavere bruciato sono due segugi.»

Marisa si accorse dell'espressione preoccupata di Duda e la rassicurò.

«Te l'ho già detto al telefono, tuo marito non c'entra niente, 'sto cadavere è spuntato quando era ancora in Svizzera. Anzi, quando arrivi da Kaufmann dacci una occhiata pure tu, se puoi. Sempre meglio di quei due.»

Maria Eduarda acconsentì, pensosa. «Te la posso fare una domanda personale, Marisa?»

«Mah, a questo punto fai pure. Non è detto che ti risponda, però.»

«Ma perché dirigi per interposto amante un corpo di polizia di cui peraltro disprezzi quasi tutti i funzionari?»

«E cos'altro dovrei fare, scusa? Aprire un centro pilates? Una pizzeria? Forse non te lo ricordi più come funzionano le cose qui, ma vedi che non siamo a Zurigo. Siamo in una periferia dimenticata dal mondo. Quello che c'è da fare, si fa. Senza lamentarsi. A me è toccato un commissariato, e tutto sommato mi è andata bene. Che poi, secondo te, se avessi rifiutato di andare a letto col capo, cosa sarebbe successo? Mi avrebbe trascinato in un camerino, come ha fatto con tante altre prima di me, e avrebbe fatto quello che voleva comunque. Fa schifo? Sì. Mi piace? No. Ma almeno così ne ho ricavato un minimo di sicurezza per me. Sempre meglio di un occhio nero.»

Duda non sapeva come rispondere. Da una parte, la filosofia di vita della Pontes sarebbe andata benissimo anche a Zurigo: quello che c'è da fare si fa, senza lamentarsi. Però Marisa Pontes, nella sua periferia dimenticata, era un concentrato di tutto ciò che a Duda del suo paese dava profondo disgusto: un'informalità che cede il passo alla corruzione, un'indifferenza che trabocca nella strafottenza, l'uso svergognato dei piccoli poteri per darsi un tono e un ruolo nell'inanità della vita, l'accettazione della violenza e della prevaricazione come cifra inevitabile del mondo. Ma era allo stesso tempo anche un concentrato di quello che amava, e che talvolta le mancava in Svizzera: la capacità di inventare e risolvere con poco e niente, l'umanità che prevale sulle forme, l'abilità di ridere della vita e di sé, anche di fronte all'orrore e alla tragedia. Finì i suoi gamberetti in silenzio, mentre Marisa le raccontava varie amenità e oscenità del corpo di polizia di Rondônia. Riprovò a parlare solo al momento di pagare il conto, ma anche in quel caso Marisa ebbe la meglio: «Hai presente la quantità di puttanate che finiscono su questa carta di credito quando la usa il capo? Lascia fare a me.»

Si salutarono poco dopo, davanti alla vetrina di un negozio di telefonia. L'orrendo centro commerciale, per lo meno, aveva una sua utilità. Duda uscì dal negozio con un numero di telefono brasiliano in un apparecchio nuovo, economico ma soprattutto carico. Copiò il numero di cellulare di Marisa Pontes nella rubrica, le mandò subito un messaggio («Grazie. Di tutto. Ti tengo al corrente. Duda»), ritrovò la Fiat Uno beige e partì lungo la stessa strada che aveva percorso suo marito Lukas qualche giorno prima.

«E certo che me lo ricordo 'sto gringo, agente Nunes. Mi ha rotto le scatole per dieci minuti perché non gli piaceva il caffè. Pensi che voleva sapere da me dove fermarsi per berne un altro sulla strada per Araxá do Oeste.»

«E lei quali aree di servizio gli ha indicato?»

«E quali gli dovevo indicare, agente? Tutte e due, gliele ho dette. Sia l'Autoposto do Vilson che la Parada do Zezé. Altre non ce ne sono.»

All'Autoposto do Vilson, una specie di spiazzo sterrato con due pompe di benzina e un fatiscente baraccone con bagni e tavola calda, Lukas c'era passato. Maria Eduarda si fece raccontare dalla cassiera per filo e per segno tutte le critiche e le lamentele che suo marito era riuscito a condensare in meno di quindici minuti di visita. Anche lì il caffè non andava bene («Agente Nunes, ma io cosa voleva veramente non lo so. Il caffè lo faccio così da trentacinque anni ed è la prima volta che un viaggiatore si lamenta»). Evidentemente tutto l'infervoramento di Lukas per il Brasile era già evaporato dopo meno di quattro ore di Amazzonia: l'entusiasmo romantico per l'avventura esotica svanisce in fretta, quando non si trovano capsule e macchinette.

Alla Parada do Zezé, invece, Lukas non lo avevano visto. O non si era fermato, o non c'era arrivato. Tra le due aree di servizio, secondo la mappa, c'erano almeno sei bivi in cui avrebbe potuto prendere la direzione sbagliata. Ciascuno portava a uno o due villaggi, probabilmente simili ad Araxá do Oeste. Simili nel loro essere ostinati avamposti umani in un ambiente che senza umani sarebbe stato senz'altro migliore, e che agli umani testardi non risparmia ostilità. Simili nella loro violenza geografica: ferite sterrate nella foresta, terra bruciata per le vacche, il ronzio ciclico dell'estrazione di legname, i ponti precari sui corsi d'acqua. Li avrebbe affrontati tutti, uno per uno, l'indomani. Zezé il benzinaio l'aveva aiutata alterando la carta geografica con il pennarello perché tenesse conto delle nuove strade sterrate: l'esplorazione umana è sempre più veloce della cartografia. Anche nel Ventunesimo secolo. Duda decise di dormire per qualche ora in macchina, nel piazzale della Parada do Zezé, tra i tir, come i camionisti che l'avevano guardata inizialmente con curiosità e poi con diffidenza, quando aveva mostrato il distintivo dell'agente Nunes al bancone. Almeno, però, c'erano i bagni e il wi-fi, nel piazzale di Zezé, e la diffidenza dei camionisti l'aveva lavata via con diversi giri di cachaça per tutti.

Duda smaltiva l'alcol, dormendo parcheggiata tra un'autobotte e un tir, e non si accorse dell'arrivo di un'altra Fiat Uno beige, accompagnata da una grossa motocicletta. Parcheggiarono una decina di metri più in là. Ramiro scese dalla moto, la spolverò con un gesto affettuoso, si avvicinò alla macchina che aveva scortato fin lì, e indicò a Lukas Keller i bagni. Entrò a bere un caffè e mangiare una coxinha de frango, che pagò con uno dei biglietti da cento reais che aveva ritirato dal corrispondente bancario cambiando l'assegno di Kaufmann, e che si era tenuto come una specie di commissione informale per il servizio di riscossione e di babysitting del gringo. Sia il prete che il suo datore di lavoro lo sapevano di sicuro che se ne sarebbe tenuto una parte, l'assegno Kaufmann doveva averlo calcolato già tenendo conto della commissione di Ramiro. E quindi, se lo sapevano, non era neanche un furto, no?

Meno di dieci minuti dopo erano già ripartiti, per arrivare ad Araxá di mattina presto. Qualche ora più tardi, Duda aprì gli occhi, mise in moto e partì verso il primo bivio da esplorare.

5

Rifocillato dalla sontuosa colazione di Cleide e Angela, coccolato da un espresso in capsule svizzere che Kaufmann riservava agli ospiti di riguardo – perfino la macchina stava seminascosta in un armadio dello studio, in una specie di altarino con bustine di zucchero “premium”, cioccolatini svizzeri e tazzine di design – e rassicurato dall’aria familiarmente elvetica della stanza della Pousada da Estrela dove aveva lasciato i bagagli, Lukas Keller decise di mettersi subito al lavoro, senza perdere altro tempo. Mandò un rapido messaggio a Duda («Dopo qualche contrattempo finalmente al lavoro, chiamami stasera»), non sapendo che non le sarebbe mai potuto arrivare e ancora meno che Duda in quel momento viaggiava tra la Parada do Zezé e Baruerinho; aprì il laptop con un gesto studiato e teatrale, alzò lo sguardo verso l’ingegner Kaufmann dall’altro lato della scrivania e cominciò la sua perizia. Meno di due ore dopo, Keller aveva già individuato l’unico possibile punto di debolezza del caso Kaufmann, che avrebbe risparmiato alle Assicurazioni Generali Cantonali Svizzere i due milioni richiesti dal cliente. «Ingegnere, senta, per corroborare la sua richiesta avrei bisogno di un parere esterno. Pensa che potrei intervistare uno dei suoi concorrenti?»

Poco convinto, se non dal dovere di collaborare, Kaufmann attraversò la strada con il perito e lo lasciò nel patio del Polacco. Keller entrò da solo.

«Signor Kowalski, la ringrazio innanzitutto per il suo tempo e il suo aiuto, la sua collaborazione ci sarà senz'altro preziosa.» Lukas aveva deciso di cominciare l'intervista come se fosse a Zurigo, con i preliminari e i convenevoli che si applicano a tutte le riunioni esplorative con i concorrenti degli assicurati. Bisogna innanzitutto metterli a loro agio: perché potrebbero avere informazioni preziose, ma soprattutto perché potrebbero diventare a loro volta dei clienti.

Il Polacco naturalmente interpretò tutta quella gentilezza forbita come una evidente presa per il culo.

«Collaborazione un cazzo. Da me che vuole?»

Una risposta così poco cordiale Lukas certamente non se l'aspettava. Non in Brasile, per carità, qui mi sorridono tutti. E nemmeno al lavoro, si disse, certe espressioni mica si possono adoperare! Annaspò un poco, cercando le parole: nei seminari di formazione a Zurigo quel caso specifico con gli insulti e tutto non l'avevano mai trattato. «Be', ecco, io... vede, noi...»

Per tutta risposta, il Polacco si alzò spazientito, aprì la porta dell'ufficio e gridò fuori in cortile: «Maicol! Avete finito col jatobá dei cinesi?»

In lontananza, cercando di farsi spazio nel frastuono dei trattori e dei carrelli elevatori, la voce di Maicol rispose come sempre: «Quasi!»

«Quasi quanto?»

«Otto pallet! Ne mancano due!»

Il Polacco richiuse la porta e tornò alla scrivania da Lukas. «Come vede, ho da fare. Si è ricordato cosa vuole?»

Essendo riuscito a riprendere fiato e perfino a pensare, Lukas aveva deciso di provare con la Tattica per Clienti Sbrigativi, seminario due, capitolo quattro del manuale, raccomandata per i piccoli imprenditori con più ego che tempo: andare subito al sodo. Provò: «Guardi, è semplice. Avrei soltanto bisogno di sapere se il suo concorrente e dirimpettaio Kaufmann è onesto o ci vuole ingannare.»

Funzionò. Tutta l'ostilità del Polacco svanì di colpo. E anche la premura. «E certo che vi vuole ingannare, che domande sono? Non so ancora di cosa stiamo parlando, ma di quello svizzero non c'è da fidarsi. Mai.»

Bingo, pensò l'infallibile perito assicurativo Lukas Keller. Ne ho beccato un altro! «Le dispiacerebbe dirmi di più? Sa, ci sono in gioco milioni, in questo caso, e...»

E in meno di due frasi, pensò Keller, l'ho conquistato. Il Polacco sorrideva, amabile. «Milioni, eh? No, no, certo, certo, la capisco benissimo, altro che. Mica uno può fidarsi di Kaufmann in un affare di milioni. Che poi, diciamoci la verità, a parte il fatto che è gringo, che già è un problema di per sé, c'è anche il fatto che questo mestiere lo fa da pochi anni, e non lo ha ancora capito bene.»

«E lei, invece, signor Kowalski?»

«Oh, io sto in segheria da una vita.»

«E io proprio di uno come lei ho bisogno!» gongolò Lukas.

Caspita, che occasione per il Polacco! Poteva far saltare un affare milionario allo Svizzero, ma soprattutto poteva riuscire a chiuderlo lui. Si alzò di nuovo, aprì la porta e gridò a Maicol di avvisare in cucina che a pranzo ci sarebbe stato un ospite importante. Tornò sorridendo da Lukas. «Cosa posso fare per lei, mentre aspettiamo?»

«Guardi, vado subito al punto. L'ingegner Kaufmann sostiene di aver bisogno di due milioni per ricostruire capannone e macchinari.»

Ecco dove li vuole prendere, i soldi per ricostruire! Da un gringo che gli compra una enorme partita di legname con pagamento anticipato – il contesto, per Kowalski, sembrò subito chiarissimo.

«Due milioni?» volle confermare.

«Due milioni. Lei che ne pensa?»

«Mah, che secondo me ce ne vorranno almeno il doppio. Non ne vale la pena, mi creda. Rischia di spenderli tutti rimanendo a metà coi lavori, senza consegnare. Noi qui abbiamo tutto già in funzione. Potrei cominciare a segare la sua partita all'inizio della prossima settimana.»

Keller non riuscì a dissimulare la sua delusione.

«Due milioni le sembra poco? Non troppo?»

«Noooo, no no, altro che. Se le dico che secondo me non ci bastano neanche! Povero Kaufmann, non credo che si riprenderà mai. Ma torniamo a noi. Che tra l'altro i nostri prezzi sono molto più bassi di quelli del nostro vicino. Siamo molto più efficienti, sa?», che era un modo per dire che siccome le foreste il Polacco le abbatteva tutte intere per poi metterci le vacche al pascolo, invece di estrarre con cautela singoli alberi preservando tutto il resto dell'ecosistema perché si rigenerasse in fretta, i costi erano ovviamente di gran lunga inferiori. «Allora, cosa le interessa? Freijó? Cumaru? Jatobá? Tauari?»

Maria Eduarda non gli aveva insegnato nessuna di quelle parole. Lukas rimase in silenzio, senza capire, finché il Polacco non gli porse il catalogo dei legnami. A quel punto si accorse dell'equivoco.

«Ah, sì, scusi, ma no, guardi, io non sono qui per comprare legnami.»

«No?»

«No.»

E quindi evidentemente quel diavolo di uno Svizzero stava provando a vendere carne al suo conterraneo, peraltro senza neanche possedere una mandria.

«Ah, e bastava dirlo prima! I miei sono i migliori Brangus di tutta la regione.»

«Brangus?» Lukas veramente faticava a seguire il filo del discorso.

«Brangus, sì, *Brazilian Angus*. A pranzo le faccio assaggiare la picanha grigliata, sentirà la differenza.»

«Stiamo parlando di... carne?» azzardò Keller

«E certo che stiamo parlando di carne! La pelle e le frattaglie non le tratto, sono bassezze da argentini. Però prima di comprare bisogna sperimentare, ci mancherebbe altro!»

«Guardi, signor Kowalski, sono molto onorato per l'invito a pranzo e sono sicuro che la sua picanha sarà squisita, ma sinceramente non saprei come trasportarla fino a casa.»

«Pensiamo noi a tutto! Dall'abbattimento al mattatoio del dottor Fabiano, fino all'etichettatura per l'esportazione e alla logistica del container refrigerato, sappiamo fare tutto e molto meglio di Kaufmann, e...»

Keller finalmente capì e interruppe il Polacco.

«No, mi scusi, non ci siamo capiti. Io non sono qui per comprare carne.»

E allora che cosa voleva comprare da Kaufmann? Oltre alle mandrie e agli alberi, non c'era letteralmente nient'altro che avesse alcun valore.

«Mi scusi, signor Keller, lei, esattamente, cosa vuole? Carne no. Legnami neanche. Mica vorrà comprare terra?»

Keller rise. «Che buffo malinteso! Signor Kowalski, io sono il perito delle Assicurazioni Generali Cantonali Svizzere.» Come se fosse ovvio che il Polacco dovesse sapere di cosa si trattava. Ma non lo sapeva.

«Il che?»

«Il perito.»

«E che significa?»

«Be', lei sa come funziona l'assicurazione, no?»

«No.»

«Ma in che senso, no?»

«Nel senso che non lo so.»

«Ma funziona come la sua! Ne avrà una anche per la sua impresa, ne sono certo.»

«È un macchinario? Io quest'assicurazione non l'ho

mai sentita nominare. La macchina più complicata che conosco è la pialla a sette assi.»

Con pazienza e un profluvio di dettagli in buona parte trascurabili, il perito Lukas Keller spiegò, convinto che almeno avrebbe portato a casa un nuovo contratto firmato dal concorrente di Kaufmann, visto che purtroppo la richiesta di rimborso dell'ingegnere ormai sembrava legittima e perfino ragionevole.

«... e quindi se succede un incidente qualunque, come nel caso del mio vicino insomma, voi venite e ci mettete dei soldi.»

«Sì, più o meno è così! Può interessarle?»

«No, grazie, non sapevo che si chiamasse assicurazione ma è un servizio che ho già. Però mi faccia capire meglio: lei ora torna nella sua impresa, firma un documento che dice che è tutto a posto, e Kaufmann riceve due milioni?»

«Mah, ci sono delle tappe, dei tramiti, dei processi da rispettare, delle verifiche addizionali, ma in buona sostanza sì, io firmo la perizia e Kaufmann riceve i due milioni che gli servono.»

«Io non credo che andrà così.» Il tono del Polacco era ritornato secco e ostile, come all'inizio del colloquio.

«Come no, mi scusi?»

«Non credo proprio. Invece andrà che lei adesso prende e se ne va a casa, in Svizzera, di corsa, senza firmare nessun documento, e non si fa vedere mai più» rispose il Polacco, freddo e descrittivo come un manuale d'istruzioni.

«Ma perché non dovrei firmare?»

«Perché se lei firma quel documento» disse il Polacco aprendo un cassetto, «io le sparo», e poggiò una pistola sulla scrivania. «Ci pensi bene.»

Non c'era molto da pensarci. Le intenzioni e le risorse del signor Kowalski erano fin troppo chiare. Keller aveva anche provato a spiegare, balbettando, che sparando non avrebbe risolto niente, perché avrebbero mandato un altro perito, ma quello si era stretto nelle spalle e aveva risposto che di pallottole ne aveva tante, mandassero pure tutti i periti che avevano a disposizione. D'altra parte, anche il suo cliente Kaufmann era un caso difficile, per la verità. Quel maledetto ingegnere aveva studiato regolamenti, contratti e normative talmente a fondo che sarebbe stato praticamente impossibile rifiutargli una perizia favorevole senza ritrovarsi sotto processo. Una scelta difficile, per Lukas: o forse non troppo, perché da un processo ci si può difendere più facilmente che da una pistolettata. Ma sì, meglio il processo, si disse. Probabilmente ci perderò il posto e la carriera. Ma almeno in tribunale a Zurigo non mi spara nessuno.

«Ingegnere, buongiorno!»

«Dottor Keller, buongiorno a lei, spero che abbia riposato bene. Ieri non è più tornato dopo la conversazione col Polacco, è stata utile? Le ha confermato il valore dei miei macchinari?»

«Utilissima, sì sì, grazie, tutto a posto, tutto confermato. Sono rimasto a lavorare in albergo dalla signora Estrela, nel pomeriggio» rispose Lukas molto più nervosamente di quanto avrebbe voluto lasciar trasparire. «Che stanzetta deliziosa!»

«A questo punto, direi, non mi resta che suggerirle di preparare il suo rapporto al più presto. Sono sicuro che non veda l'ora di tornare a Zurigo, e da parte mia posso garantirle che tutti noi non vediamo l'ora di metterci al lavoro per ricostruire la segheria.»

«Certo, certo. Assolutamente. Sicuramente. È che, vede... le sembrerà sciocco, ma...», e lì Keller si fermò. Non era riuscito a pensare a una scusa, neanche sciocca.

«Dica pure! Qualcosa in cui possa aiutarla?»

Lo sguardo di Keller si posò per caso sul portatile dell'ingegnere.

«È il computer! Sì! Il computer! Non so che cosa sia successo ma ieri sera si è spento e non si vuole riaccendere. Dovrò prendere appunti a mano e terminare la procedura con calma dall'ufficio.»

Kaufmann sorrise. «E che problema c'è? Le metto a disposizione un computer dei nostri per il suo rapporto, lo può fare tranquillamente da qui.»

«No no no no, vede, ingegnere, per usare il sistema di perizia delle Cantonali ci vuole una macchina delle Cantonali; oppure una macchina esterna, sì, sì, anche questo funziona per la verità, ma in questo caso con una connessione stabile che permetta di effettuare le verifiche di sicurezza a intervalli regolari e in tempo reale, che...»

Con un sorriso forzato, Kaufmann accompagnò il suo interlocutore alla finestra.

«La vede quella parabola?»

«Quella della tv?»

«Non è per la tv.»

«No?»

«No. Il nostro sistema di controllo ambientale prevede l'emissione in tempo reale di una fattura speciale, all'atto della spedizione o della ricezione di tronchi, legnami o semilavorati. E deve stare su tutto il tempo, perché i controlli, anche quelli, devono poter avvenire in tempo reale.»

«Ma funziona?»

«Certo che funziona. I controlli li fanno soltanto quando vogliono ricattare uno dei miei concorrenti per prendere una stecca. Qui però non ci provano perché sanno che siamo gli unici a rispettare la norma nel dettaglio. Sei mesi di lavoro, ma adesso funziona alla grande.»

«Tutto ciò è molto interessante, ingegnere, ma cosa c'entra con...»

«Ci arrivo subito. Capirà bene che col capannone distrutto non posso né ricevere né inviare tronchi, legnami e semilavorati, giusto?»

«Giusto.»

«E quindi questo preziosissimo canale stabile di connessione lo possiamo riprogrammare per il suo accesso ai sistemi delle Cantonali.»

«Ma ci vorrà un tecnico per la parabola e un sistemista.»

«Assolutamente sì. E anche uno sviluppatore software, direi. Per fortuna ce li abbiamo tutti e tre.»

«Qui ad Araxá?»

«Qui davanti a lei. Penso a tutto io, non si preoccupi. Secondo lei, chi l'ha tirata su quella parabola? Mi dia pure il numero dei tecnici di Zurigo che al massimo verso l'ora di pranzo siamo pronti.»

Meno di un'ora dopo, Keller era seduto suo malgrado alla scrivania di Kaufmann, computer e parabola configurati, un piatto di frittelle di pane zuccherato preparate da Cleide («Doutor, queste il padrone le mangia quando deve lavorare al computer senza alzarsi per ore, e ha detto che anche lei non si alzerà per ore» aveva detto a Lukas, che l'aveva presa – giustamente – come una minaccia indiretta da parte di Kaufmann) e un thermos di caffè spostato dalla cassettiera alla scrivania, per non avere neanche quella scusa. Se non fosse stato socialmente sconveniente, Kaufmann avrebbe offerto al perito anche un catetere e un sacchetto.

«Direi che così è tutto in ordine. La lascio in pace nell'ufficio e vado a sedermi nel portico. Forse è la volta buona che finisco un paio di capitoli di Foucault, mentre lei scrive.»

Dalla finestra a destra della porta, Keller intravedeva un angolo di testa con i capelli biondi dell'ingegnere. Per i primi venti minuti, Keller valutò attentamente la possibilità di scappare dalla finestrella del bagno, che dava sul lato opposto rispetto al portico sorvegliato dal suo cliente. Arrivò ad arrampicarsi sulla cassetta del gabinetto e ad aprire la finestrella – con un po' di sforzo ci sarebbe anche passato, probabilmente – ma ci rinunciò quando vide le due cuoche sedute in cortile, proprio di fronte alla finestra, su due sedie di vimini, a spennare una mezza dozzina di polli. Mentre le osservava, una di loro – quella che gli aveva offerto la merenda – si alzò, afferrò un'altra gallina ancora viva che razzolava distratta in un angolo del cortile, le tirò il collo senza troppe cerimonie e cominciò a spennarla come le altre.

«Ingegnere?»

«Mi dica, Keller.»

«Ho pensato che se lei è riuscito a sistemare la connessione forse riesce a mettere a posto anche il laptop. Lo vado a prendere nella mia stanza da Estrela e vediamo se riusciamo a farlo funzionare, c'è dentro la brutta copia della perizia, così finiamo e stampiamo in cinque minuti.»

Poco dopo, la Fiat Uno di Lukas Keller era già sulla strada sterrata, di ritorno verso Porto Velho e l'aeroporto. Seguita, a breve distanza, da una vecchia motocicletta, che Keller aveva notato nel patio della segheria. Pensò di accelerare per liberarsi del motociclista. Su una strada sterrata in Amazzonia. Con una Fiat Uno. Vecchia.

6

Era entrata nell'ufficio di Kaufmann di botto, spalancando la porta di legno e piantandosi davanti alla sua scrivania con tre falcate, facendosi spazio tra Aguiar e Mourão seduti in riunione. Senza neanche dargli il tempo di fiatare gli aveva chiesto a bruciapelo, in tedesco: «Dove ha nascosto mio marito?»

Proprio bella non era, anche se gli standard dell'ingegnere ad Araxá erano ben diversi da quelli di San Paolo. Ma tutto sommato neanche brutta, via. Alta, formosa, di quel tipo che i suoi colleghi nel mercato finanziario avrebbero immediatamente definito con espressioni volgari, senza troppe remore, popozuda, per esempio, dotata di un gran bel popò, oppure gordelícia, grassotta ma deliziosa. Diana non avrebbe approvato, naturalmente, ma Diana nella testa di Kaufmann c'era solo ogni tanto.

In ogni caso interessante anche per carattere e postura, pensò Kaufmann, quasi a giustificarsi. Tentò un sorriso piacione e le rispose in portoghese. «La signora Keller, immagino?»

«Dov'è mio marito?»

«Non ne ho idea. Ne stavo appunto parlando con la polizia. Le presento il viceispettore Aguiar e l'agente scelto Mourão, della polizia di Rondônia. Per fortuna, erano già qui ad Araxá per altre vicende. Prenda una sedia, è una cosa lunga. Posso offrirle un caffè?»

«Solo se non ha niente di meglio.»

Florian le versò un whisky. «Mi sembra giusto ricominciare dall'inizio, se gli agenti me lo consentono.»

«Prego, ingegnere, faccia pure» concordò Aguiar, che dopo quasi due settimane di pranzi e cene in comune ormai era passato alla più brasiliana cordialità.

Florian partì dal ritrovamento della Fiat Uno lungo la riva del Córrego do Feijãozinho. Era andata giù da una scarpata di circa centocinquanta metri, senza ribaltarsi, e si era fermata nella fanghiglia a bordo fiume. Keller aveva senza dubbio perso il controllo in curva, sulla strada sterrata, ma sembrava essere sopravvissuto all'incidente, perché nell'abitacolo non c'era.

«Fin qui niente di nuovo, l'ho vista anch'io, la macchina nel burrone, e la targa corrisponde a quella noleggiata da Lukas a Porto Velho. Non ci sono tracce di sangue, almeno non apparenti. E non c'è il trolley coi vestiti, che ha chiuso in fretta alla Pousada da Estrela prima di andare via.»

Aguiar era senza parole. «Scusi, ma lei...»

«Io cosa? Io sono una che a scuola faceva i compiti per casa ogni giorno, anche quando la maestra non ce li dava. E sono tre giorni che faccio i compiti e chiedo di mio marito. Prima di venire qui da voi un giro del villaggio l'ho già fatto. Ingegnere, riempia questo bicchiere e mi spieghi perché Lukas stava scappando.»

Perché, e da cosa, stesse scappando, Kaufmann glielo avrebbe spiegato volentieri, se l'avesse saputo. Innanzitutto per farle piacere, un atto di galanteria nei confronti di una nuova arrivata è sempre un buon punto di partenza, prima di passare ad argomenti più personali. Ma soprattutto perché Keller serviva a lui, per firmare i maledetti documenti dell'assicurazione. Peccato che una spiegazione non l'avesse ancora. Al massimo, un'ipotesi: che c'entrasse il Polacco. Bisognava andarci a parlare. Ma sperare che i due poliziotti riuscissero a cavarne qualcosa di utile sarebbe stato praticamente come sperare in un miracolo, e Kaufmann ai miracoli proprio non riusciva a credere. Direttamente a lui, d'altra parte, il Polacco non avrebbe certamente detto niente.

«Signora Keller, io non lo so. Altrimenti magari l'avrei anche già ritrovato, suo marito, come l'abbiamo ritrovato qualche giorno fa quando aveva sbagliato villaggio. Ma non è che le andrebbe di continuare la sua indagine? Se fossi in lei, per esempio, io andrei a prendere un caffè con quel gentiluomo del mio vicino.»

«Veramente questo dovremmo farlo noi» si intromise subito Mourão.

«E lo so, agente, lo so bene. Ma sa cosa mi preoccupa? Che nel frattempo c'è sempre quel cadavere in cortile, e prima o poi andrebbe anche sepolto, non può rimanere così. Ora, se dovessero chiamarvi dal commissariato per chiedervi di cosa si sta occupando, non crede che un morto debba avere la precedenza su uno scomparso?»

Aguiar e Mourão dedicarono quindi il pomeriggio a una lunga conversazione con padre Romero, mentre l'agente Camila Nunes faceva visita al Polacco nella sua segheria. Il vecchio prete fu disponibilissimo e loquace: non smise di parlare per oltre due ore. Parlò di Agostino d'Ippona e del senso del tempo. Di vocazione, missione e pastorale. Raccontò aneddoti, commentò parabole. Emozionò con edificanti storie di pentimento e redenzione. Fece perfino ridere, con un paio di vecchie barzellette riadattate agli abitanti di Araxá e rivendute come storie vere. Si schermì, modesto, quando Aguiar riferì della testimonianza di dona Estrela sulla riduzione dei crimini violenti grazie alla sua guida spirituale. Ed evitò, prudente, di raccontare delle fin troppo frequenti escursioni notturne col pick-up di Estrela, per abbandonare cadaveri più o meno anonimi dall'altro lato della frontiera comunale, o per gettarli nel fiume. Quanto al morto in segheria, purtroppo, non avrebbe saputo come aiutarli – non aveva idea di chi potesse essere, e quindi naturalmente anche di chi potesse avercela avuta con lui.

Nel frattempo, Duda era andata da Kowalski. Col distintivo.

«Mi dica, agente Nunes, cosa posso fare per lei?»

Una visita della polizia, per il Polacco, era un fastidio del tutto secondario. Al massimo si poteva trattare di dover staccare un assegno. O più d'uno. Tanto valeva comportarsi cordialmente, soprattutto per minimizzare l'importo della stecca.

«Signor Kowalski, lei ha ricevuto per un incontro il dottor Lukas Keller tre giorni fa, se non sbaglio.»

Ah, benissimo, pensò il Polacco. Forse ce la caviamo senza assegno, stavolta. Basta calciare la palla in tribuna.

«Sì, certo. Me l'ha chiesto il mio dirimpettaio.»

«Siete in buoni rapporti?»

«Ma nemmeno per sogno! Quello svizzero è il demonio! Lo saprà che ci sono due colleghi suoi che lo stanno investigando per un omicidio, no?»

«Certo, li ho incontrati stamattina.»

«E secondo lei io dovrei avere buoni rapporti con un assassino?»

«Non posso commentare indagini in corso, ma per ora è solo un sospettato. Ma comunque, lei perché ha accettato?»

«Per curiosità. Non è che succeda spesso, una visita internazionale, da queste parti.»

«E di cosa avete parlato col dottor Keller?»

«Ha cercato di vendermi una sicurezza.»

«Un'assicurazione?»

«Eh, quella. Diceva che se succede qualcosa al capannone e alle macchine paga tutto lui.»

«Avete parlato solo di quello?»

«Abbiamo anche parlato del più e del meno. Gli piace la carne, io ho le migliori vacche della regione.»

«Senta, signor Kowalski, il dottor Keller non le è sembrato strano, quando lo ha incontrato? Preoccupato?»

«Strano sì, senz'altro. Ma è gringo, agente Nunes, quelli sono strani tutti.»

«Preoccupato no?»

«No, e di che?»

«Mi piacerebbe saperlo. Per un gringo, è difficile capire come funzionano le cose qui. Magari senza rendersene conto, senza volerlo, capita che dicano qualcosa di male, ne vediamo tanti di casi così.»

«Certo, confuso era confuso, poveretto. All'inizio non sapeva a chi fare piacere e a chi no, da queste parti.»

«E lei glielo ha spiegato, signor Kowalski?»

«Sì, e secondo me l'ha capito. Gringo è gringo, e neanche di quelli svegli, ma certe cose le capisce anche un imbecille.»

«Non è andata bene, vero?»

Il solito Foucault tornò sul solito tavolino e Kaufmann versò un bicchiere d'acqua alla signora Keller, che aveva dismesso l'espressione neutra e bonaria dell'agente Nunes e sembrava pronta a spaccare una sedia.

«Con l'acqua si lavano i piatti.»

Dopo due sorsate di whisky, Duda riferì.

«A parte il fatto che quello stronzo ha dato dell'imbecille a mio marito, è andata anche abbastanza bene. Ha praticamente ammesso di averlo minacciato, e Lukas deve aver deciso di scappare per questo.»

Kaufmann rimase in silenzio. Maria Eduarda continuò.

«E non è arrivato lontano. Ma secondo lei...»

Kaufmann continuò a guardarla, in silenzio. Non aveva voglia di rispondere alla domanda che Maria Eduarda stava per fargli.

Anche lei esitò per qualche secondo, cercando le parole e forse anche un po' di coraggio.

«Secondo lei» riprese, «c'è qualche possibilità che Lukas sia ancora vivo?»

A pensarci bene, le possibilità c'erano. Keller poteva essere stato sequestrato dal Polacco, per esempio. Ma un sequestro era un'operazione molto più complicata e rischiosa, rispetto a farlo fuori. D'altra parte, se gli avesse semplicemente sparato (lui, o uno dei suoi) lo avrebbe anche lasciato lì in macchina o nelle vicinanze, a marcire o a farsi sbranare da un giaguaro o da un avvoltoio. A cosa sarebbe servito portarlo da un'altra parte per spararegli? A non dare fastidio a Estrela e a padre Romero? Non aveva senso.

Bisognava capire come organizzare le ricerche. Qualcuno innanzitutto avrebbe dovuto pedinare Maicol, il braccio destro del Polacco, l'unico cui quest'ultimo avrebbe potuto delegare un'operazione delicata come un sequestro di persona. Aguiar e Mourão erano fuori gioco per manifesta incapacità. La signora Keller, o agente Nunes che fosse, anche: fin troppo riconoscibile, in un villaggio in cui una donna giovane e in forma non si vedeva da anni. Kaufmann era l'unico uomo alto e biondo in un raggio di almeno mille chilometri. E Ramiro aveva i suoi bravi precedenti con Maicol, compresa una lite in cui c'erano scappate un paio di coltellate. L'unica era far venire il figlio di Ramiro dalla città: almeno era sveglio, veloce e di fiducia. E nel frattempo, bisognava sperare di trovare delle tracce a partire dalla Fiat Uno in riva al fiume. Kaufmann chiamò Ramiro, lo mandò in città a prendere Marcelinho e partì col pick-up verso il punto dell'incidente, naturalmente con la signora Keller e una playlist scelta per l'occasione.

La zattera si muoveva lentamente sul fiume verso la sponda opposta, lato città.

«Oh, Carlinhos, a che ora finisce il tuo turno, stasera?»
«Sto qua fino a mezzanotte, Ramiro. Poi attacca mio suocero per tutta la notte.»
«E allora mi riporti indietro tu!»
«E che stai facendo, una gara?»
«Vado a prendere Marcelinho in città, deve dare una mano allo Svizzero.»
«E per fare che?»
«Boh, non l'ho capito. Io con tutta 'sta gente che s'è vista in giro in questi giorni non mi ci raccapezzo più. Deve cercare un altro svizzero, credo.»
«Quello che hai accompagnato qualche giorno fa?»
«Quello, sì. Si è perso di nuovo.»
«Lo sta cercando anche una poliziotta, l'ho fatta passare da poco, mi ha interrogato per tutta la traversata.»
«Ah, ma non è una poliziotta, quella. È la moglie dello svizzero che si è perso.»
«Ma se è di Minas!»
«Dice che vive in Svizzera.»
«Il tesserino però diceva "Porto Velho".»
«Secondo me è falso.»
«Hai capito! Esperta, la signora.»
«Meglio dei poliziotti veri.»
«Peggio è difficile. Quando se ne vanno?»
«Boh. Dice che prima devono risolvere il caso.»
«L'incendio?»
«Il cadavere dentro l'incendio.»
«E a che punto sono?»
«A niente, Carlinhos, a che punto devono essere? Non sanno neanche che il morto era Arturo, poveraccio.»
«Secondo me Estrela fa bene, a buttare i cadaveri nel fiume.»
«Secondo me pure. Tanto, morti sono morti. Purtroppo Arturo l'hanno trovato i poliziotti prima che lo trovasse lei.»

«Sfiga.»
«Sfiga.»

Florian e Maria Eduarda arrivarono al punto in cui l'auto di Keller era scivolata lungo la scarpata, avendo già passato la fase superficiale delle rispettive storie di vita e cominciato quella delle domande medio-difficili ma comunque non troppo personali. Che nel loro caso si riassumevano in una sola, e simmetrica: come fa uno svizzero a sopportare il Brasile? Come fa una brasiliana a sopportare la Svizzera? Duda aveva risposto onestamente: la sopportava, la rigidità intellettuale ed esistenziale del paese in cui era nato Florian e dal quale lui era fuggito, perché la trovava prevedibile e rassicurante, e perché invece l'effervescente creatività del Brasile per lei si era sempre tradotta in un fiorire di mezzi e strumenti per mantenere e rinforzare privilegi sociali e razziali indecenti, malamente dissimulati in un movimento caotico soltanto in apparenza. E comunque c'era sempre la caipirinha, anche a Zurigo. Florian invece aveva abbozzato un discorso sulla frontiera, sul futuro, su tutto quello che c'era ancora da fare e da costruire e da inventare, sullo spirito del pioniere e dell'imprenditore. Un bel discorso, anche. Platealmente falso, però. Di quelle menzogne che uno racconta perfino a se stesso, perché senza un minimo di razionalizzazione, senza l'illusione confortante di una strategia sempre dedotta a posteriori, nessuno può sopportare il peso delle proprie scelte di vita, per quanto fondate e ponderate. Ma lo spirito del pioniere, o l'anima dell'imprenditore, se uno ce l'ha, l'esercita veramente dove vuole. E con le stesse risorse – finanziarie e personali – con cui si fa partire un'impresa in Brasile, in Svizzera se ne possono mandare avanti almeno tre diverse, se non di più. Misurando attentamente le parole – alla fine, l'ingegnere era un semisconosciuto, ma era anche l'unico che potesse aiutarla a ritrovare Lukas – Duda gli aveva fatto capire che a quella storiella dell'imprenditore con più spazio d'azione e d'innovazione in Brasile non intendeva credere.

«Siamo arrivati» era stata la replica secca di Kaufmann. Accostò il pick-up lato monte, coi fari accesi, e si preparò a scendere. «Oltre al distintivo, l'agente Nunes una pistola ce l'ha?»

«Non saprei come utilizzarla.»

«E allora tu cammini col machete» rispose Kaufmann, aprendo lo zaino e porgendole l'arma con un gesto cavalleresco. «Mano destra. Nella sinistra va la torcia. Una pistola ce l'ho io, comunque.»

«Devo preoccuparmi dei giaguari?»

«Se vuoi. Io preferisco preoccuparmi degli umani, in questa situazione. Molto più pericolosi.»

Per le tracce nel fango, evidentemente, era troppo tardi. Le acque melmose della curva del fiume arrivavano fino alla ruota posteriore destra della Fiat Uno noleggiata da Keller, e certamente avevano cancellato qualsiasi impronta. L'ingegnere faceva le sue osservazioni ad alta voce, come a volerle spiegare a Duda. Che però lo interruppe preoccupata.

«Florian. Là in fondo. C'è un'altra luce.»

Spensero entrambe le loro, ma nell'oscurità non si vedeva nessun punto di luce, in nessuna direzione. Dopo qualche minuto, riaccesero. Osservarono l'automobile con una meticolosità che nessuno degli agenti di Marisa Pontes avrebbe mai adoperato. Ma non servì a molto: nell'auto non c'era assolutamente niente. Non uno scontrino del caffè («Lukas li avrà messi nel portafogli per il rimborso spese»), non una cartaccia («Le odia»), non un oggetto personale («Tiene tutto in tasca o nel trolley»), non il contratto di noleggio («Figurati, non lo lascerebbe mai in macchina, non si fida, sarà con gli altri documenti nella valigetta da lavoro»), non un caricabatterie («Si sarà reso conto che comunque telefono e gps non funzionano»). Tre sportelli chiusi, quello del conducente spalancato. Il portabagagli aperto, e vuoto.

«Chiunque l'abbia portato via, ha fatto un bel lavoro di pulizia. E questo però è strano. Il Polacco non è uno attento e delicato, e i suoi sono pure peggio.»

«Magari però la pulizia l'ha fatta lui, ed è scappato.»

«Va bene che tuo marito è svizzero, ma ti pare che mette in ordine mentre cerca di sfuggire a un sequestratore armato?»

Non rispose. Si mise, sommessamente, a piangere.

Florian cercò di rassicurarla mettendole una mano intorno alla spalla. «Scusa. Mi dispiace.»

«Leva quella mano di là.»

«No, sì... certo, scusa, ci mancherebbe altro, non fraintendere, volevo solo...»

«Tu tieni le mani a posto e io non fraintendo, facciamo così?»

«Mi giudichi male senza motivo.»

«Ti giudico male perché non sai un cazzo, non capisci un cazzo, e pensi di potertene approfittare solo perché in questo momento mi sento appena più fragile. Ma che cosa ne sai tu? Tu hai presente cosa significa immaginare mio marito che scappa con una pistola puntata addosso?»

Florian si preparò a rispondere che quella che non capiva un cazzo era lei, e che non si doveva permettere perché lui la pistola puntata addosso non aveva nessun bisogno di immaginarla, la ricordava benissimo eccome, ma non ne ebbe il tempo. La luce che Duda aveva visto in lontananza ricomparve, stavolta riconoscibilissima, a meno di un metro da loro: erano occhi, che riflettevano la luce delle torce. Florian capì di aver sottovalutato un problema. Un problema lungo oltre due metri, che in un istante lo afferrò per la gamba destra, prima che lui potesse saltare indietro e scappare.

Se non fosse stato per Ramiro e per la sua insistenza nel dire che nel fiume si deve andare con gli stivali, avrebbe senz'altro vinto il caimano. Invece Florian – tirato da Maria Eduarda da un lato e dall'animale dall'altro – riuscì a sfilare la gamba dallo stivale, che rimase nelle fauci del predatore. Si arrampicarono sul tetto della Fiat Uno, ma il caimano – stabilito rapidamente che lo stivale non era la parte più interessante della sua preda – provò a tirarsi su dal cofano. «Non lo sa fare, vero?» chiese Duda. Florian, catatonico, non rispose. Non reagiva. Guardava il caimano e teneva la mano sul calzino di spugna infangato, come a voler rassicurare se stesso che il piede era ancora lì. Duda gli prese la pistola dalla tasca e sparò. Non del tutto a caso, per lo meno la direzione generale del caimano era quella; ma neanche con abbastanza precisione da riuscire a prenderlo. Col rinculo, naturalmente, cadde dalla macchina; ma lo sparo fece anche riemergere Florian, che saltò giù, recuperò la pistola e sparò di nuovo. Prendendo bene la mira.

Ripresero fiato in silenzio, per qualche minuto.

«Passami quel machete, per favore.»

Con una decina di colpi ben assestati, Kaufmann staccò la coda del caimano.

«Ma che fai?»

«La coda. Buonissima, grigliata. La porto alle cuoche.»

«Nominativo e accusativo» osservò ancora incredula Duda. Florian la guardò senza capire.

«"*Der* Krokodil", nominativo, "isst *den* Mann", accusativo. Oppure "*Den* Krokodil", accusativo, "isst *der* Mann", nominativo. Scambi di posto una *r* e una *n* e cambiano due destini: il coccodrillo che mangia l'uomo diventa l'uomo che mangia il coccodrillo.»

Kaufmann riuscì a far leva nelle fauci del caimano e a recuperare lo stivale. Bucherellato e storto, ma sempre meglio del calzino di spugna senza scarpa. Caricò la coda del caimano sulla spalla destra e cominciò a risalire la scarpata. Duda lo seguì e lo superò rapidamente. Kaufmann si fermò a metà strada per riprendere fiato.

«Questo è un caimano, *Kaiman*, maschile. Ma se lo chiami coccodrillo, invece, è neutro. *Das Krokodil*, non *der*. Nominativo e accusativo coincidono. E comunque in Svizzera la consonante finale dell'articolo non la pronunciamo. Devi mettere la frase in ordine, come fai in portoghese.»

«E allora perché l'ho dovuta imparare?»

«Perché se non impari il tedesco standard, ti guardano come un'immigrata di seconda categoria, che al massimo può pulire le scale.»

«Se è per questo, lo fanno prima ancora che possa aprire bocca.»

Nel silenzio che seguì, Kaufmann risalì la seconda metà della scarpata. Aprì il vano posteriore del pick-up, caricò la coda, richiuse il telone con puntiglio. Poi riprese il filo del discorso.

«Lo farebbero anche se fossi bianca. Li tolleriamo, gli stranieri, ma non ci piacciono. Ci piacciono solo i loro soldi. Esattamente come qui.»

«Ma neanche per idea! Gli stranieri qui in Brasile li accogliamo e li invidiamo anche, con un complesso di inferiorità che peraltro mi dà abbastanza sui nervi.»

«Uno straniero è uno straniero, in Brasile come in Svizzera. Anche se dovessi rimanere in questa cazzo di foresta per altri vent'anni, sarei sempre e comunque un gringo, per tutta la vita. Un immigrato è un immigrato, e quelli che lo fanno sentire peggio sono gli ex immigrati di due o tre generazioni fa, che fanno di tutto per dimenticare e far dimenticare di essere stati immigrati anche loro. Fa schifo, ma è così che funziona. E nel tuo caso in più è facile vederlo anche da lontano, che non sei svizzera, quindi in più paghi qualche secolo di colonialismo e una contemporaneità in cui il colore della pelle e il successo professionale hanno una correlazione statistica innegabile.»

«Per uno che è nato e cresciuto a Engelberg, hai una coscienza politica e razziale quasi decente.»

«Non è mia. L'ho rubata a Diana, quando ero a San Paolo. Se ci pensi, è una forma di appropriazione culturale anche questa.»

Si rimisero in macchina, in silenzio. Il caimano era servito a ricordare che nella foresta, di notte, non si va in giro. L'unica cosa da fare era rientrare ad Araxá e riprovare l'indomani. Per una decina di minuti, sulla via del ritorno, Florian mantenne un'espressione seria e anche abbastanza infastidita. Maria Eduarda provò a sdrammatizzare: «Visto che non è chiaro chi ha salvato la vita a chi, e che comunque tu l'accusativo e il nominativo li pronunci allo stesso modo, la dichiariamo uno pari a tavolino?», ma ottenne meno di un cenno di sorriso.

«Guarda che in quel caso ci va il dativo. Florian, nominativo, salva la vita, accusativo, a Duda, *von*-più-dativo.» Lo disse quasi con fastidio, e la conversazione finì lì. Meglio ascoltare la musica in un silenzio lungo e carico. Gli occhi dell'ingegnere si inumidirono. Duda pensò di aver capito.

«Cos'è successo a Diana?» chiese.

«Diana non c'entra niente. Sta a San Paolo e litiga col mondo, come sempre. Questo cd era di mia sorella Marta.»

Maria Eduarda scelse di dargli tempo e fiato. Dopo un po', Florian prese coraggio e raccontò.

«Sono anni che me lo ripeto. Anni. Che la pistola non l'avevo in mano io. Che la macchina non la guidavo io. Che la scelta di provare a scappare era stata sua. E però ogni volta penso anche che avrei dovuto spiegarlo subito, quando ero andato a prenderla in aeroporto a Guarulhos, che da una rapina a mano armata non si scappa, si accetta e basta, si collabora, e per quanto possibile anche con una qualche cordialità. Mi torturo di rimorsi perché se avessimo preso la mia macchina, che era blindata, se io non avessi bevuto, non sarebbe successo. E poi però penso che sì, certo, la pistola in mano l'aveva il rapinatore, ma il rapinatore avrà avuto sì e no dodici anni, la testa strafatta di crack e il cuore strafatto di disperazione, e forse proprio lui è il meno responsabile di tutti. Mettila come vuoi, ma la morte di mia sorella, a un incrocio dell'avenida Rebouças, all'una del mattino, andando verso una discoteca, be', quello sì che è un omicidio di cui mi sento responsabile io, altro che 'sto disgraziato cotto al forno che mi sono ritrovato in cortile. Una delle poche cose su cui sono d'accordo con mia madre, che di solito aggiunge anche che se avevo voglia di vedere Marta durante le vacanze di Natale sarei dovuto tornare a casa, a Engelberg, non certo invitarla in Brasile. Oppure generalizza e mi ripete semplicemente che se non fossi così stronzo da voler abitare qui in mezzo ai selvaggi, mia sorella sarebbe ancora viva. E forse è vero.»

La casa di Carlinhos distava meno di cinque minuti, lungo la riva del fiume, dall'approdo della zattera. E quella di suo suocero era poco più in là. Di macchine o camion non se ne vedevano, all'orizzonte, né da un lato né dall'altro. Mezzanotte meno dieci. Tanto valeva cominciare a rientrare, riscaldare riso e fagioli, aprire una birra ghiacciata e sedersi sul portico ad aspettare il vecchio Ademilson, per dargli le chiavi del motore, lontano dal lume a petrolio e dalla nuvola di insetti che lo circondava. Il gracidio delle rane era assordante come al solito, ma non arrivava a coprire un rumore di passi sullo sterrato in riva al fiume. Strano, però. Ademilson non camminava così in fretta da anni. E soprattutto, i passi venivano da destra, dal lato dell'approdo, e non da sinistra, dal lato della casa di suo suocero. Fucile in spalla, Carlinhos gridò: «Chi è?»

«Ho bisogno di aiuto» fu la risposta. E poco dopo, ecco la figura curiosa di un uomo infangato, scapigliato, coi pantaloni strappati e però improbabilmente con una cravatta annodata al collo. Zoppicando, trascinava un trolley.

«Aiuto» ripeté. Appoggiò le mani sulle ginocchia, ansimando.

Carlinhos fu rapido a compiere l'unico gesto di pronto soccorso che conosceva: fornire al malcapitato una birra ghiacciata e invitarlo a sedersi al tavolino del portico per un piatto di arroz e feijão. Alla quarta birra, tra il secondo e il terzo piatto di fagioli, giudicò il paziente abbastanza stabile, e interruppe il silenzio: «Tua moglie sarà contenta, gringo. La trovi ad Araxá, ti sta cercando.»

«La vada a prendere. La prego. La pago. Quello che vuole. Io ad Araxá non posso tornare.»

«Se telefono e le dico di venire qui va bene lo stesso?»

La telefonata tra la casa di Carlinhos manovratore e l'ufficio del gringo, nonostante le circostanze, risultò tutto sommato breve, compunta e pragmatica. Sei vivo, sì sto bene, sei viva, sì sto bene, andiamo via, sì sì andiamo via, guarda che la perizia dovresti firmarla ha ragione lui, no io lì non ci torno, va bene allora faccio io, e come fai, tu non ti preoccupare, stai lì fatti dare un'altra birra e io arrivo appena posso, dammi le password che le segno qui su un foglietto, c'è una copia già nei sistemi delle Cantonali da aprire e stampare, sì non ti preoccupare ci penso io. Dal computer di Florian, Duda riuscì agevolmente ad aprire il rapporto periziale di suo marito. Si fece indicare da Florian, che intanto le riempiva generosamente il bicchiere, i punti esatti in cui intervenire, aggiunse qualcosa qua e là, arrotondò tutti i valori periziali abbondantemente verso l'alto: era ancora una brutta copia, alcuni cambiamenti dell'ultimo minuto avevano tutto il diritto di starci, alla luce dei recenti sviluppi. Stampò e firmò col nome di suo marito, una riproduzione perfetta come quella che aveva ingannato perfino Aline al servizio notarile del consolato, un paio di volte in cui Duda non aveva avuto voglia di scomodare Lukas per burocrazie del tutto irrilevanti.

Con una copia controfirmata nella borsa, Maria Eduarda abbracciò l'ingegnere piangendo, gli augurò buona fortuna, si mise in macchina e partì verso la zattera di Carlinhos, dove avrebbe incontrato suo marito per riportarlo in sicurezza a Zurigo. Di passaggio al commissariato di Porto Velho, aveva fatto il suo rapporto sul caso del cadavere bruciato a Marisa Pontes, restituendole il tesserino dell'agente Nunes. Se da una parte quel gringo non le sembrava un assassino potenziale, dall'altra non c'era traccia nemmeno dell'inizio di una pista: quei due poliziotti non avrebbero trovato il colpevole neanche se si fosse costituito. Non sapevano neanche chi fosse il morto. Sarebbe rimasto un caso aperto per sempre, rispose la Pontes con la rassegnazione di chi comunque se l'aspettava. Senza colpevole e senza identità, come tanti. Come troppi.

7

Uno dei fondamentali "arrotondamenti" nella richiesta di rimborso di Kaufmann, che le Assicurazioni Generali Cantonali Svizzere avevano dovuto approvare, visto il parere favorevole a firma Lukas Keller, era un nuovo generatore diesel. Quello vecchio, a voler guardare con attenzione, era l'unico elemento del parco macchine a non essersi bruciato, protetto com'era dai portelloni di metallo e dalla fossa, come il cadavere del povero Arturo. Ma il rapporto di Keller diceva che andava rimpiazzato tutto, e quindi il generatore nuovo era arrivato. Rimesso più o meno a punto, il generatore superstite era diventato quindi una struttura secondaria di scorta, per coprire i tempi morti: quando staccavano il diesel nuovo per manutenzione, accendevano l'altro per continuare a lavorare, con un aumento di produttività stagionale dell'ordine di grandezza del tredici e mezzo per cento, secondo le stime dell'ingegnere. Col doppio generatore, insomma, il nuovo parco macchine poteva dirsi finalmente completo, dopo sei mesi di lavori accelerati. Rispetto agli standard locali, anzi, più che completo era del tutto esagerato. Sporco di grasso e fango su una tuta da lavoro verde bottiglia, Kaufmann sorrideva soddisfatto. Accanto a lui, il figlio di Ramiro, Marcelinho, che stava cominciando finalmente a imparare un po' di meccanica di base: tra qualche mese, pensò Florian, la manutenzione delle macchine potrò delegarla a lui. Avrò tempo per occuparmi di marketing e vendite internazionali, stavolta. Chi mi ferma più? Forse finisco perfino *Surveiller et punir*.

Kaufmann aveva convinto il figlio di Ramiro a fargli da assistente durante una settimana di vacanza in cui era tornato ad Araxá. Gli aveva offerto una birra da Jackson: il ragazzino aveva fatto finta di rifiutare con aria sorpresa e divertita, salvo poi ammettere che in città con gli amici beveva eccome, e che a casa ogni tanto una lattina o due dal frigorifero le rubava anche.

«Dimmi la verità, Marcelinho. 'Sta scuola in città, ti piace?»

«Sì sì, Doutor, mi piace. Mi impegno. È importante.»

«Ah, ti impegni?»

«Molto.»

La verità è che la scuola gli piaceva perché era piena di altri adolescenti, categoria di cui ad Araxá do Oeste era l'unico e solitario rappresentante. Ed effettivamente il ragazzo si impegnava molto, soprattutto con le adolescenti della sua classe, e perfino con una bidella. Per il resto, alla ricchezza della formazione umana e sociale non corrispondeva purtroppo un altrettanto ricco curriculum accademico. Florian – che aveva rifatto i mobili del soggiorno della preside della scuola, e anche lui un giro con la bidella non se l'era fatto mancare – lo sapeva benissimo. Ma anche Marcelinho sapeva che l'ingegnere sapeva. Il che, però, non dispensava nessuno dei due dall'immancabile teatralità brasiliana del dire la cosa giusta, quella che ci si aspetta da te anche quando pensi l'esatto contrario. Florian si attenne al copione. «Bravo. È importante sì», pacca sulla spalla e sorsata di birra. «Spiegami una cosa, però.»

Una piccola molla scattò nel corpo disarticolato dell'adolescente, che raddrizzò la schiena e sedette un po' più dritto sul banco di legno del bar, uno dei quattro fabbricati da suo padre per ripagare le troppe birre bevute a credito. La nuova postura del ragazzo era il segno che dal copione ci si poteva finalmente allontanare un po', sia pure con cautela.

Florian continuò: «Perché tua madre dice che quest'anno forse te lo fanno ripetere?»

Il ragazzo sospirò. «Ah, Doutor. È difficile, Doutor. Io mi impegno, ma il professore di matematica mi odia.»

«Odia te personalmente?»

«Odia tutti. Però io di più.»

Che era anche vero, soprattutto da quando la torrida storia di passione tra il professore e la bidella era stata bruscamente interrotta per colpa del giovane.

«Se è solo per questo, guarda che è una questione che si risolve facilmente. Io non ti odio affatto, e la matematica la so. Forse anche meglio del professore. Prima di tornare in città, facciamo qualche ora di ripetizione nel mio ufficio. Vedrai che il professore di matematica dovrà darti la sufficienza per forza.»

«Adesso sa fare pure il professore di matematica?» sorrise un po' incredulo il ragazzo.

Florian rise. Raccontò a Marcelinho che quando era studente all'Eth di Zurigo uno dei professori del suo corso, un arrogante francofono di Montreux sulla sessantina, aveva detto che l'obiettivo dell'aspirante ingegnere è di essere in condizione di fare supplenza per conto di Dio, se il Padreterno dovesse decidere di prendersi due settimane di ferie dalla gestione dell'universo. «Tre no, ma due sì.» All'epoca dei fatti, Florian al Padreterno già non credeva più granché, ma si era convinto lo stesso dell'importanza di poterlo sostituire all'occorrenza.

«Per questo mette le mani nei motori meglio di Pedrão?»

«Giusto le macchine sono la cosa che ho studiato di più, Marcelinho. Anzi, se vuoi ti insegno pure quello, un po' di meccanica serve sempre.»

«Ma ce l'abbiamo il tempo, prima che riparto?»

«E chi ha detto che devi ripartire per forza?»

Altra molla. Marcelinho oramai era praticamente sull'attenti, Florian da parte sua mostrava invece una postura rilassata al limite di quello che una sedia di plastica da bar consente senza spaccarsi. Al tavolo accanto, Jackson aveva sollevato la testa di un cliente addormentatosi riverso su una pozza di birra; aveva asciugato la birra con lo strofinaccio lercio, per poi rimettere la testa al suo posto sul tavolo. Il cliente aveva continuato a dormire.

«No, no, Doutor, meglio che torno in città. Una volta che ho cominciato 'sta cosa della scuola, la devo finire. Me l'ha detto pure lei.»

«E certo che te l'ho detto. È importantissima, la scuola.» Un rapido ritorno al kabuki delle risposte giuste e attese.

Marcelinho sembrò più a suo agio.

«Ma ti ho anche spiegato perché è importante, vero?»

«Sì. Per imparare cose.»

«Bravo. Una buona sintesi. Per imparare cose. Ma se ne troviamo qui ad Araxá, di cose da imparare, magari ti diverti anche di più.»

Marcelinho rise. «Divertirmi qui?»

Effettivamente, il concetto del divertimento e quello del villaggio di Araxá faticavano a convivere in un pensiero solo, anche per l'ingegnere. «Sai come possiamo fare? Quando io devo andare in città, ogni tanto tu mi accompagni e ti fai un giro. Vai a trovare gli amici. O le amiche, magari. E poi quando è ora di tornare ad Araxá ci troviamo davanti al centro commerciale e ti do un passaggio. La matematica te la spiego io e l'anno prossimo fai gli esami di licenza da esterno.» Alle diciotto obiezioni pratiche di Marcelinho, Kaufmann rispose con un argomento dirimente: un salario. La prospettiva di avere dei soldi propri sembrò risolvere come per magia tutte le difficoltà del ragazzo.

E così il suo apprendista meccanico e assistente generale junior l'aveva trovato. Un problema in meno da risolvere. Un piccolo passo in più verso la possibilità – finalmente meno remota – di rivendere la fabbrica e andare via. Lasciandosi alle spalle tutti i Kowalski, Ramiro, improbabili preti e meccanici incapaci, operai tristi e albergatrici infide, ispettori golosi e poliziotti saltuari, cuoche grasse e amanti fredde, burocrazie inestricabili e inefficienze devastanti. Un piccolo passo verso un obiettivo grande e meraviglioso: liberarsi dalle pesantissime conseguenze di scelte professionali stupide e avventate. Talmente grande e meraviglioso, quell'obiettivo, da meritare perfino il sacrificio dell'ultima foglia di fico da imprenditore "etico" e diverso che gli era rimasta, richiamando il figlio del suo braccio destro a un futuro di eterna manovalanza in una periferia del mondo. Ma d'altra parte, a cos'altro avrebbe potuto ambire Marcelinho? Non è che in città sarebbe diventato un astronauta, no?

Delegare la manutenzione era un lusso che l'ingegnere non si era più potuto concedere dalla morte di Arturo: l'unico meccanico rimasto nel villaggio era Pedrão, quello dell'officina all'ingresso di Araxá, e il Polacco era stato sveltissimo, il giorno dopo l'incidente al bar di Jackson, a metterlo a libro paga, con il divieto assoluto di lavorare anche per il suo dirimpettaio. Oggi pomeriggio andrò a trovare Arturo, pensò Kaufmann. Ogni tanto gli piaceva attraversare il villaggio per recarsi in quel piccolo cimitero dietro la chiesa, che nessuno mai visitava. In pace e in silenzio, parlava con se stesso fingendo di parlare con l'anima del povero Arturo – concetto nel quale, evidentemente, l'ingegnere non credeva – per raccontargli le novità che c'erano state da quando i due poliziotti avevano gettato la spugna e autorizzato la sepoltura dell'anonimo cadavere. Non era stato neanche necessario chiedere al prete, al Polacco o a Jackson di testimoniare per scagionare Florian e Ramiro – sarebbe stato fastidioso, peraltro, spiegare perché quella morte violenta non era mai stata denunciata – visto che i poliziotti avevano deciso di archiviare il caso come doppiamente anonimo: sconosciuta la vittima, sconosciuto l'assassino, nient'altro da fare se non timbrare la pratica e aggiungerla a chissà quante altre in commissariato. Il corpo di Arturo era finalmente tornato, quindi, dietro la chiesa, dove padre Romero aveva "già preparato" una fossa e una croce con la dicitura IL NOSTRO ANONIMO. La stessa da cui il corpo era stato trafugato pochi mesi prima per essere nascosto nel seminterrato macchine di Kaufmann, poco prima dell'incendio. E anche la croce era la stessa, con il nome ARTURO piallato via e sostituito da una dicitura generica per non insospettire i poliziotti. I quali, per la verità, dietro la chiesa non avevano neanche messo piede, impressionati com'erano dall'aria di solenne autorità di padre Romero, guida spirituale ispirata ed efficace di quella comunità così remota.

Di solito, in quelle visite meditative al cimitero, Florian portava con sé una bottiglia di cachaça. Esattamente come per la conversazione con l'anima, faceva finta che fosse per il defunto, ma sapeva benissimo che era per sé. Se ne serviva dei bicchieri generosi, e ne versava un po' sulla terra della tomba del povero meccanico, che in vita aveva amato la cachaça forse più dei motori e delle macchine. Sì, ripeté Florian, oggi pomeriggio una passeggiata da Arturo ci vuole proprio. Gli sarebbe piaciuta senz'altro, la nuova sala macchine, coi motori diesel in ridondanza.

Così come piaceva molto a Ramiro la sua nuova moto, subito battezzata Il Generale in omaggio alla compagnia assicurativa che gliel'aveva regalata. Florian era soddisfatto dei nuovi iMac in produzione e in ufficio, quelli che erano andati perduti in un inesistente ufficetto del capannone, prontamente rimborsati. Agli operai piaceva l'impianto di aspirazione, che aveva abbattuto i turni di pulizia e rendeva l'aria un po' meno greve. Le divise nuove e i dispositivi di protezione individuale, invece, erano rimasti tutti nell'armadio. Usati il primo giorno per le foto di inaugurazione, provati per qualche ora del turno mattutino, eliminati dalla routine già prima della pausa pranzo. «Troppo caldo» con il grembiulone di cuoio, «non riesco a muovere le mani» con i guanti, «non sento niente» con le cuffie, «non vedo niente» con gli occhialoni, «sudo» col casco. Gli operai volevano lavorare in bermuda e maglietta. Non senza fatica, Florian era riuscito almeno a convincerli a usare le scarpe da lavoro al posto delle Havaianas. Arturo però avrebbe dato ragione a loro: per lui la ciabatta era sempre stata irrinunciabile. Per osservare o riparare una macchina, sfilava il piede sinistro, si inginocchiava e usava quei pochi millimetri di gomma per proteggere il ginocchio mentre lavorava. Con una scarpa chiusa, sarebbe stato impossibile.

Ma che fatica, Arturo, installare la pialla a sette assi, quell'unico upgrade che le Generali Cantonali Svizzere non hanno pagato. Né loro né nessuno, pensò Florian, e lo raccontò al prato davanti a sé, bagnato di liquore. Un'architettura complicata ed elegante di prestiti statali a tasso agevolato inventata dal dottor Fabiano, e oplà, pago meno del tasso d'inflazione, quindi la pialla di fatto risulta essere gratis, alla faccia di quel tirchio del Polacco. Ci fossi stato tu, l'avremmo messa su in tre ore. Con Marcelinho, ho dovuto sudare due giorni. Però sai che bella! Nel capannone nuovo darà il meglio di sé.

Con un'attrezzatura così, con una fabbrica così, le fotografie e i video di marketing (mille grazie, Generali Cantonali, che spettacolo la videocamera 3D!) finalmente sarebbero stati come li aveva sempre desiderati. E con il marketing giusto, era finalmente arrivato il momento di moltiplicare i volumi per il mercato europeo. Legnami e semilavorati amazzonici di alta qualità, estratti e processati nel rispetto dell'ambiente, ma con l'affidabilità pragmatica di una gestione svizzera: stavolta il salto di qualità era inevitabile. I debiti pregressi di quel farabutto di Heitor li avrebbe finalmente ripagati, la segheria sarebbe diventata un gioiellino di efficienza, e un cinese per rilevarla l'avrebbe trovato senz'altro. In un paio d'anni sarebbe potuto andare via da lì. Per andare dove, quello era un altro discorso. Ma via, sarebbe andato via: teorema dimostrato, ho ragione io, chi rimane deve solo continuare a fare le cose come da foglio di calcolo e il mondo andrà a posto da solo, mentre io affronto un problema nuovo.

Alcuni nuovi contratti internazionali erano già in fase di negoziazione abbastanza avanzata, grazie alla solerzia della signora Keller: di ritorno a Zurigo, gli aveva immediatamente mandato una lista di clienti potenziali, tutti quelli di cui nessuno in consolato si era mai occupato fino a quel momento. Ed erano numerosi, danarosi e felici di poter acquistare a prezzi brasiliani, parlando però in svizzero-tedesco. Duda ne aveva anche ricevuto in cambio un weekend-premio nell'albergo di Engelberg della signora Sandra Kaufmann. Che la signora Sandra si fosse fatta prontamente rimborsare da suo figlio, compresi gli extra per i superalcolici, era un dettaglio che a Duda non andava raccontato: avrebbe rovinato l'eleganza della transazione "zero cash", di uno scambio di favori brasilianissimo seppur organizzato in terra gringa. Comunque, pedane intere di tavoloni di cumaru per area esterna, piallati e levigati per il mercato europeo, erano già pronte nel patio in attesa dei bonifici e delle firme. Le certificazioni ambientali, pronte anche quelle, orgogliosamente autentiche: niente Photoshop, niente bustarelle ai controllori. Erano legnami sostenibili per davvero, per clienti cui sembrava perfino importare che lo fossero, almeno un po'. Produrli prima delle conferme d'ordine era un rischio, certo, ma calcolato; e soprattutto un rischio che era necessario correre per ridurre i tempi di consegna, già fin troppo lunghi a causa delle condizioni dello sterrato (la Transpacífica!) e soprattutto delle insopportabili lungaggini dei porti d'imbarco, fluviali o marittimi che fossero. Il Kaufmann imprenditore si sentiva in forma come mai prima d'ora, efficiente e sicuro come l'immagine di sé che aveva conservato in un angolo del suo cuore negli anni più bui trascorsi ad Araxá. Era pronto a dimostrare al mondo che l'efficienza svizzera alla lunga riesce ad avere ragione perfino del caos brasiliano.

Al rischio di un'altra passeggiata notturna del Polacco piromane ci avrebbe pensato Winston, che con soli otto mesi di vita era già un bulldog (insomma, un meticcio che probabilmente aveva avuto per antenato un bulldog) abbastanza corpulento, e che si lasciava avvicinare soltanto da Kaufmann e da Ramiro. Winston passava le giornate dormicchiando in un canile nel patio dei tronchi, dove Florian lo andava a trovare un paio di volte al giorno; e passava la notte libero, in giro tra gli edifici della segheria, pattugliando il cortile fino alla mattina seguente, quando Ramiro lo riportava al canile con un pacco di salsiccia per colazione, prima che arrivassero gli operai del primo turno.

L'ingegnere rientrò dalla visita al cimitero in ufficio barcollando, con la bottiglia quasi vuota. Della cachaça mancante, la terra che copriva Arturo ne aveva bevuta poca. Provò a sistemarsi sulla poltrona e a prendere in mano Foucault. Lo aprì più o meno a caso, cercò di mettere a fuoco un paragrafo. «Che grandissima rottura di coglioni» disse ad alta voce e in tedesco, e lo posò. Un messaggio sul cellulare richiamò la sua attenzione. Duda! «È fatta, ti chiameranno tra poco. Mi spetta un anno intero di weekend da tua madre, no?»

Un tazzone di caffè zuccherato dopo, Florian riuscì a rispondere. A voce, naturalmente, in una breve telefonata: per la commissione aggiuntiva, era più semplice fare un bonifico in Brasile a una persona di fiducia di Duda, che trattare con sua madre a Engelberg.

«Senti, Duda, per l'export il contratto deve avere le firme autenticate e la traduzione bollata in portoghese. Li aiuti tu, vero? Altrimenti ci vuole un altro mese» aggiunse l'ingegnere.

«Certo. Aline ha già preparato tutto, non devono neanche prendere appuntamento. Basta che arrivino qui con una Zuger Kirschtorte, che ad Aline piace da pazzi, e venti minuti dopo la firma sarà autenticata, timbrata, etichettata, apostillata, tradotta e benedetta da Xangó, orixá castigatore dei bugiardi e protettore degli amministratori pubblici.»

«Glielo spieghi tu agli svizzeri chi è Xangó?»

«In questo caso credo che corrisponda a san Francesco. O forse a sant'Ivo patrono dei notai. Il sincretismo è più una questione di spirito e intenzione che di regole di corrispondenza tabellate.»

«Gli spieghi anche che devono portare una torta per accelerare i tempi?»

«Lo sanno. Se hanno a che fare con questo consolato, lo sanno già. Comunque glielo rispiego volentieri.»

Finita la telefonata di lavoro, si sentì abbastanza in forma da chiamare anche Diana. Come può sentirsi in forma un ubriaco che prende subito e con orgoglio una decisione stupida e scontata. Sapendolo anche, che è la scelta sbagliata. Per uno che detestava gli stupidi, forse era un paradosso. Cacciò via il dubbio: ci avrebbe pensato dopo, con l'aspirina. Anche quella un tremendo cliché, forse anche peggio della telefonata. Si sentì banale e si odiò anche un po'. E forse anche un po' per punirsi, alla fine la telefonata la fece veramente. Per farsi rinfacciare la sua stupidità, Florian aveva bisogno di Diana.

«Ciao.»

«Ciao, Florian.»

«Che fai?»

«Rispondo al telefono e mi chiedo cosa ti sia successo di straordinario. Non mi telefonavi da quasi un anno.»

«È successo di tutto, in quest'anno. Un incendio brutto, sei mesi fa. Un caimano. Un morto fuori dalla tomba che poi c'è ritornato. Un sacco di lavoro. Un bel contratto in Svizzera, firmato poco fa.»

«Torni a Zurigo?»

«No, è un contratto di legnami per esportazione. Ma grande, e soprattutto, il primo di tanti. Stavolta i debiti di quello stronzo di Heitor li ripago tutti. Se non quest'anno, l'anno prossimo al massimo.»

«E io che c'entro?»

«C'entri che sto mettendo la vita a posto e sono contento e volevo dirtelo.»

«Bravo. Auguri. Dopo che hai messo a posto, che fai?»

«E che ne so. Tu lo sai?»

Pazienza di Diana bruscamente finita: «Certo che lo so. Te lo dico io, cosa fai dopo, Florian. Trovi un'altra scusa. Buona o patetica, poco importa. Trovi un'altra scusa, e continui a evitare di affrontare la vita.»

«Non è vero» provò a reagire Kaufmann.

«Troverai un'altra ragione qualunque per farti punire e trascinare dal destino, così puoi permetterti di non chiederti chi sei e cosa vuoi veramente. Lo fai da quando ti conosco e anche da prima. Se non fosse così, non saresti mai andato ad Araxá.»

«Mi manchi, Diana.»

«Poche femmine nella foresta?»

«Non è quello. Cioè, boh, un po', anche. Mi manca parlarti. Mi manca la verità.»

«Ah be'. Io ricordo un lungo discorso quasi intellettuale sulla ricerca dell'autenticità, del contatto diretto e reale con la terra, con gli alberi, con la natura... Tutte stronzate, allora?»

«Forse sì.»

«Forse sei solo ubriaco, però. Fai così, Florian. Chiamami un'altra volta. Però da sobrio. Da ubriaco continui a farmi schifo, anche se per telefono non sento la puzza.»

Col passare delle settimane, e poi dei mesi, il meccanismo di negoziazione degli affari tra Zurigo e Araxá do Oeste era diventato talmente ben oliato da sconfinare nell'abitudinario. Florian e Duda non avevano neanche bisogno di canali di comunicazione paralleli: bastava una telefonata introduttiva, e il resto scorreva naturale e affidabile secondo copione. Fin dal primo contatto, l'ingegnere dava il meglio di sé rassicurando i potenziali clienti (in svizzero-tedesco, naturalmente) sulla assoluta e ferrea diligenza nel rispetto delle regole ambientali. Per il secondo atto, il copione prevedeva un caffè a Zurigo, tra Maria Eduarda e il cliente potenziale: tutta una lamentazione, «discreta e confidenziale, mi raccomando», sull'inaffidabilità di certe imprese brasiliane che non consegnavano, che ritardavano, che falsificavano i documenti... e naturalmente i clienti se ne preoccupavano abbastanza, soprattutto per i contratti di una certa importanza. Rassicurazioni immediate: guardi che a voi è andata anche bene di incontrare quel Kaufmann lì, intanto è uno che è nato qui e capisce, poi giusto la sua segheria l'ho visitata personalmente, io – fino al colpo di grazia: «Sa che è cliente delle Generali Cantonali? Mio marito ha fatto un audit completo, è tutto in ordine, non ha trovato niente di niente.» Gran finale con una telefonata di finta pressione commerciale, in presenza del cliente: «Ingegner Kaufmann, spero di non aver bisogno di ricordarle l'importanza di questa impresa per il suo paese. Abbia buonsenso e riveda i suoi preventivi al ribasso», che si traduceva in uno sconto del quindici per cento concesso «per questa volta» su un preventivo gonfiato in precedenza del venti per cento. Scattavano immediatamente la firma, la torta di ciliegie ad Aline per autenticarla in tempi accettabili, il bonifico alla cugina fisioterapista di Duda, in reais, come se Florian vivesse in Minas Gerais e avesse bisogno di ore e ore di manipolazioni lombari ogni giorno.

Non ne aveva mai parlato esplicitamente con la sua socia di fatto, ma Florian aveva la netta sensazione che Lukas Keller di questa nuova e redditizia attività della moglie non fosse al corrente. Difficilmente l'avrebbe accettata. Probabilmente Maria Eduarda aveva mantenuto l'immagine superficiale della funzionaria poco rilevante e per nulla ambiziosa in consolato, per minimizzare l'importanza dei nuovi contratti di import-export che il suo inutile ufficio adesso effettivamente negoziava, ed evitare gelosie e ritorsioni da parte dei suoi colleghi nullafacenti. Florian ogni tanto si chiedeva anche cosa ne pensasse Keller del tono ormai amichevole e informale delle loro sempre più frequenti telefonate, che con i contratti in discussione avevano a che vedere solo occasionalmente.

Anche Diana, intanto, era tornata a essere una presenza regolare, sia pure meno frequente, nella routine di Florian. Nelle telefonate, però, l'ingegnere sentiva un tono di lieve freddezza, una distanza calcolata con precisione: Diana sembrava disposta ad aiutarlo con quella "verità" che lui le aveva chiesto, ma non si sarebbe rimessa in gioco personalmente. Non più, pensava Florian nei momenti cupi. Non ora, o non ancora, nei giorni di maggior ottimismo. Sempre più numerosi, adesso che almeno la sua vita professionale sembrava essersi finalmente rimessa in carreggiata.

Fino alla notte in cui precipitò tutto. Di nuovo.

Il Brasile è così. Pensi di esserti lasciato alle spalle una fase storica, o personale, e cominci a costruire qualcosa di nuovo. E poi invece la stessa dinamica si ripropone, ritorna come un peperone digerito male. Succede con sindaci, governatori e presidenti che risorgono dalle proprie ceneri. Con storie di letto mai concluse che si riaccendono, anche al momento sbagliato. Oppure, come in questo caso, con un piromane che ci riprova.

Al primo sparo, quella fatidica notte, Kaufmann si svegliò di soprassalto. Mise gli stivali senza neanche indossare le calze, imbracciò il fucile e corse fuori a vedere. Anche Ramiro doveva essersi preoccupato, e anche lui era arrivato in cortile con un fucile. Il contrasto tra le due tenute da caccia non avrebbe potuto essere più marcato: pigiama di cotone a righine per Kaufmann, monogramma al taschino e polsini abbottonati, un vezzo cittadino che aveva mantenuto anche in mezzo alla foresta, dove tutti dormivano in mutande, se non nudi; mutandoni, appunto, per Ramiro, con una maglietta da calcio della squadra del Corinthians. Falsa, naturalmente. A fare da controcanto agli stivali di cuoio testa di moro di Kaufmann, le vecchie Havaianas bianche e azzurre di Ramiro.

«L'hai sentito pure tu?»

«Doutor, l'avrà sentito tutto il villaggio.»

Rassicurato, anche se non del tutto, dalla presenza armata di Ramiro, l'ingegnere mise il suo fucile in spalla. Durante il servizio militare aveva imparato a sparare, anche decentemente, e ogni tanto si teneva in esercizio con barattoli e bottiglie nel patio dei tronchi; ma comunque l'ingegnere non si sentiva granché pronto a utilizzare un'arma per difendersi sul serio da un altro essere umano. Mica è un caimano. Kaufmann puntò davanti a sé una torcia elettrica di profondità, verso l'accesso alla sala macchine. Se necessario, avrebbe sparato Ramiro.

«Veniva da lì, vero?»

«Penso di sì. Ma Winston che cazzo fa? Dov'è?»

Un secondo sparo. Più cupo del primo, probabilmente un'arma diversa. Dietro il capannone. Il rumore di passi affrettati che corrono via. I due fucili in avanti, la torcia precariamente stretta sotto l'ascella, Ramiro e Kaufmann avanzarono lentamente, attraversando il patio verso la nuova sala macchine, in fondo al capannone.

«Puzza.»

«Sì, Doutor. Diesel.»

«Cazzo. Non di nuovo.»

Altri passi in avanti, sempre più circospetti. La torcia illuminò una massa scura, per terra.

«Doutor...»

«Sì, Ramiro, è Winston.»

Raggiunsero il cadavere del bulldog. Una pallottola gli aveva strappato via un buon terzo del muso e del cranio. Mentre Ramiro osservava il cane, Kaufmann puntò la torcia verso il portellone di accesso alla sala macchine. C'era un corpo anche lì, appoggiato al portellone. Un uomo, la cui mano sinistra ancora stringeva il maniglione di apertura; nella destra, una pistola da cui probabilmente era stato sparato il colpo che aveva freddato il cane.

Kaufmann e Ramiro si avvicinarono.

Il sangue colava ancora dallo squarcio di una pallottola sparata a bruciapelo al torace. Gli occhi aperti, fissi, immobili di Anselmo Kowalski non sembravano voler credere a quello che gli era capitato.

8

A poco più di un anno da quando erano andati via, senza concludere nulla sul caso del cadavere bruciato, il viceispettore Aguiar e l'agente Mourão tornarono ad Araxá do Oeste, stavolta chiamati direttamente da Kaufmann e sotto la stretta sorveglianza di Marisa Pontes, che si impegnò a telefonare ogni giorno all'una per ricevere gli aggiornamenti ed evitare che i suoi poliziotti andassero a dormire dopo pranzo per tre ore. Che amministrativamente il morto spettasse alla polizia del Mato Grosso anche stavolta non era un problema: la Pontes si fece mandare un trasferimento di competenza dal collega a Cuiabá in meno di dieci minuti, allegando possibili legami con il caso tuttora irrisolto dell'incendio e del cadavere cotto, e soprattutto promettendo di cancellare una serie di filmini caserecci del collega in un festino con tre stripper e una pista di coca disposta con maestria lungo il tracciato del fiume Cuiabá su una mappa. E li cancellò anche dal telefono da cui li aveva mandati al collega. Tanto di backup ne aveva tanti. Ma tanti.

L'ingegnere avrebbe preferito far sparire il corpo del Polacco in piena notte. Ramiro ci aveva pensato subito, quando l'avevano trovato davanti al portellone della sala macchine, ma prima ancora che potessero passare all'azione e caricare Kowalski sul pick-up per andare a gettarlo nel fiume, come avrebbe fatto Estrela, erano stati raggiunti da Maicol. Il capofabbrica del Polacco aveva sentito gli spari dal lato opposto della strada, aveva visto le torce ed era andato a vedere cosa stesse succedendo. Armato, naturalmente. Meglio così, alla fine, perché naturalmente li aveva subito accusati dell'omicidio, e loro avevano mostrato i fucili carichi, da cui non mancavano colpi. La sua testimonianza avrebbe evitato una replica del teatrino della presunzione di colpevolezza del gringo Kaufmann da parte di Aguiar e Mourão. Adesso, però, l'unico modo per liberarsi definitivamente dei due poliziotti, dell'ombra di quei due morti e della solerte invadenza della Pontes per telefono, era aiutarli veramente a scoprire chi c'era con Kowalski quella notte, e perché gli aveva sparato.

Le circostanze della morte del Polacco, almeno a prima vista, sembravano abbastanza lineari. Era entrato di notte, di nascosto, e aveva già svuotato alcuni bidoni di gasolio con l'apparente intenzione di appiccare il fuoco – per la seconda volta – alla struttura del suo dirimpettaio e concorrente. Sorpreso da Winston prima di poter andare a prendere il secondo giro di combustibile, lo aveva eliminato. E a quel punto, però, qualcosa era andato storto. Probabilmente era lì con un complice, un assistente, che aveva reagito allo sparo al cane facendo fuoco a sua volta. E qui però finiva la linearità della situazione. Le domande successive non avevano senso. Per esempio: perché il complice di Kowalski avrebbe voluto vendicare un cane che neanche era suo? Più facile che si fosse semplicemente spaventato e avesse reagito senza pensare. Ma la ferita di Kowalski, così come il tempo trascorso tra i due spari, non sembrava suggerire un errore. Forse chi era con lui aveva semplicemente approfittato della situazione: rumore, confusione e subito i sospetti sarebbero stati concentrati su Kaufmann, naturalmente. A chi sarebbe convenuto eliminare Anselmo Kowalski, per di più sviando i sospetti sul vicino e concorrente, era facile immaginarlo. Restava da capire se si trattasse del fratello o della moglie del Polacco. O magari di tutti e due.

Anche stavolta, alla fine di una breve sessione di indagini mattutine che si erano limitate all'inutile balletto intorno al cadavere, Aguiar e Mourão avevano accettato volentieri la moqueca coi peperoni. Dovettero saltare il pisolino, però, perché furono raggiunti da due colleghi di Porto Velho, con un furgoncino refrigerato. Su ordine della Pontes, Aguiar e Mourão aiutarono i colleghi a caricare il cadavere di Anselmo Kowalski nel furgoncino, per portarlo all'anatomopatologo in città. Aguiar e Mourão rimasero con Kaufmann ad Araxá, e ripresero posto alla Pousada da Estrela.

In poche ore, insomma, Aguiar e Mourão avevano ritrovato una specie di familiarità, se non proprio di routine, con i luoghi e i personaggi di Araxá do Oeste. Compreso, naturalmente, il loro indiziato numero uno, automaticamente reinstallato anche nel ruolo di collaboratore informale delle indagini. A differenza della visita precedente, però, Aguiar sembrava più attento a prevenire gli eccessi di Mourão, e a richiamarlo all'ordine un attimo prima che accusasse l'ingegnere del crimine su cui stava investigando. Passarono il pomeriggio interrogando Estrela come persona informata sui fatti, cavandone una lunghissima lista di sospetti alternativi a Kaufmann, ognuno con la sua brava ragione apparente per detestare il Polacco, e ognuno, guarda un po', con la sua brava ragione per essere detestato da Estrela.

Tornarono alla segheria poco prima dell'ora di cena e trovarono l'ingegnere nel refettorio, la testa all'insù a guardare in silenzio e con attenzione il telegiornale sul piccolo televisore appeso in un angolo. Un servizio sull'omicidio di Kowalski, con immagini di repertorio di foreste, legnami e segherie, perché naturalmente mandare per davvero una troupe a filmare Araxá sarebbe stato più caro, più difficile e soprattutto più brutto. Seduta a uno dei tavoli del refettorio, Cleide pelava patate, interrompendo regolarmente l'attività per farsi il segno della croce – col pelapatate – ogni volta che veniva nominato il morto. Dopo una sequenza quasi documentaristica con una meravigliosa cascata (nella regione di Araxá, sostanzialmente pianeggiante e semmai dolcemente collinosa ai margini meridionali, di cascate non ce n'erano) e perfino il primo piano di un tucano, taglio netto e inquadratura del faccione soddisfatto del capo della polizia a Porto Velho, in conferenza stampa, con la Pontes che gli girava i fogli del discorso da destra. In emozionato silenzio, gli indici puntati al televisore come quello di un bambino che scopre la luna piena, Aguiar e Mourão ascoltarono il capo congratularsi con la celerità e l'efficacia delle squadre in campo, della Scientifica e del laboratorio di anatomia patologica, che avevano permesso in così poco tempo di stabilire che l'arma del delitto era un improbabile Mauser modello 1908, un fucile d'epoca, oggetto di collezionismo per pochi appassionati in giro per il paese.

L'uso nell'omicidio di un vecchio fucile risalente alla Prima guerra mondiale – una guerra in cui il Brasile di fucili ne aveva usati pochi, visto che in tutto aveva partecipato con un piccolo contingente medico in Francia, e poco più – aveva chiaramente procurato grande gioia al giornalista e al montatore del servizio, che per commentare le parole del capo della polizia avevano scelto un'immagine dell'imperatore Guglielmo II, baffoni ed elmo, come se fosse stato coinvolto direttamente, per lo meno in spirito, nelle vicende di Araxá. La coincidenza tra un'arma di fattura austriaca e la nazionalità dell'ingegnere proprietario del luogo del delitto sarebbe stata senz'altro oggetto d'indagine approfondita da parte delle forze dell'ordine, chiosò il giornalista. Che la Svizzera non fosse l'Austria, e che

Guglielmo II non fosse Francesco Giuseppe non sembrava importare granché.

Kaufmann spense il piccolo televisore, guardò Aguiar e Mourão, tirò un gran sospiro e si mise a spiegare. «Cominciamo dal fatto che io sono svizzero, non sono austriaco, e la Svizzera lo sapete anche voi che è un paese neutrale e non partecipa alle guerre, mondiali e non. Comunque se non sbaglio non è austriaca neanche la Mauser, come non è austriaco l'imperatore che hanno mostrato nel servizio.» Armeggiò rapidamente sul cellulare. «Ecco qua. La Mauser è tedesca. E 'sto famoso modello 1908 è stato usato molto più qui in Brasile negli anni Trenta che nelle trincee europee durante la guerra. Anzi, guarda un po', veniva pure fabbricato qui, a Itajubá, in Minas Gerais. Non c'entra niente l'Austria, vivaddio, e c'entra ancora meno la Svizzera, che è il paese da cui provengo io. Se volete, potete arrestare tutti gli abitanti di Araxá che hanno famiglia in Minas Gerais, ma temo che siano troppi.»

Aguiar controllò rapidamente la pagina di Wikipedia trovata dall'ingegnere, come se volesse verificare un alibi. Effettivamente, c'era poco da accusarlo, su base strettamente geografica. «Però che sia austriaca, tedesca o mineira, rimane comunque un'arma d'epoca. Non ce ne saranno tante, ad Araxá. Dobbiamo solo trovarla» disse a Mourão. Kaufmann concordò immediatamente: le ricerche a setaccio avrebbero occupato e distratto i poliziotti lasciandogli la possibilità di lavorare in santa pace alla sua indagine personale. Perché, ragionava l'ingegnere, finché non avesse trovato qualcuno con un movente migliore del suo, oggettivamente il principale sospettato rimaneva lui stesso, anche senza bisogno dell'assistenza spirituale del Kaiser. Suggerì ai poliziotti di cominciare l'indomani, dalla parrocchia. Una lunga chiacchierata con padre Romero li avrebbe tenuti buoni almeno fino all'ora di pranzo.

Il giorno dopo, di buon mattino, Kaufmann attraversò la strada ed entrò nell'ufficio di Kowalski. Come previsto, trovò la vedova, indaffarata ad aprire cassetti e faldoni di documenti, per fare il punto della situazione prima che arrivassero i poliziotti.

«Buongiorno, Andressa.»

«Buono certamente no. Cosa vuoi?»

«Sono solo venuto a dirti che mi dispiace.»

«No che non ti dispiace, gringo. Non ti dispiace affatto. E non attacca. Secondo te io ora andrei a letto con l'assassino di mio marito? C'è un limite a tutto.»

«Non l'ho ammazzato io, tuo marito.»

«Ah no? E allora siamo in due, già di prima mattina. Se procediamo di questo passo, entro stasera scagioniamo gli altri duecentotredici innocenti di Araxá, e quello che rimane sarà per esclusione il colpevole.»

«Ti converrebbe.»

«Perché a me?»

«Perché io un alibi ce l'ho. Tu, invece, non so. E appena quei due segugi di Porto Velho decidono di considerarti una sospettata, il notaio ha l'obbligo di congelare l'eredità. Quindi 'sto colpevole ti serve trovarlo anche più in fretta di quanto serva a me.»

Ma non era vero, perché un alibi tecnicamente non lo aveva affatto: era solo riuscito a dimostrare a Maicol di non avere sparato a Kowalski con il suo fucile; la testimonianza di Ramiro, suo dipendente e uomo di fiducia, avrebbe avuto probabilmente scarso peso. Ma le frasi a effetto difficilmente prevedono spazio per la precisione e le ombreggiature. L'importante è che facciano, appunto, il loro effetto. Questa, in qualche modo, lo fece. Andressa respirò a fondo prima di rispondere.

«E che faccio, lo ordino su internet, un colpevole? Tu hai presente quanta gente detestava mio marito?»

«Certo che l'ho presente. Se avessi fatto una linea di

cappellini e magliette avrei fatto più soldi che coi legnami. Ma almeno uno, o una, doveva detestarlo più di te e di me.»

«E più di suo fratello Paulo.»

«Perché? Polacchino come sospetto non ti piace? Non avrebbe potuto spararagli lui?»

«Anche volentieri, secondo me. Ma non da Cuiabá. Quando hanno sparato ad Anselmo era in città per una riunione di lavoro. Che è la scusa che dà a Thays quando va a troie.»

«Tu come lo sai?»

«Perché è la stessa balla che mi raccontava Anselmo. Riunione di lavoro a Cuiabá. Una volta gli ho trovato in tasca perfino la ricevuta fiscale del bordello. Che poi cosa se ne doveva fare, della ricevuta delle buttane...»

«Le dava al dottor Fabiano per scaricarle dalle tasse.»

«E questo tu come lo sai?»

«Il dottor Fabiano le aveva chieste anche a me, le ricevute. Io però non vado a troie a Cuiabá.»

«No, tu ci tratti tutte come troie qui ad Araxá, senza dover prendere la macchina. Invece dovresti prenderla, la macchina: meglio una buttana di Cuiabá di quel cesso della tua cuoca.»

«Cosa fai, la scenata di gelosia? Lo sai che non avrebbe funzionato mai tra di noi.»

«Ero troppo esigente a letto?»

«Eri troppo sposata con uno che già mi voleva fare la pelle per altri motivi.»

«E invece è finita che gli hai sparato tu, destino beffardo.»

«Ti ho detto che Anselmo non l'ho ammazzato io.»

«Ma io non ti ho mica risposto che ti credo, gringo.»

Un movente Andressa l'aveva senz'altro. Milioni di moventi, anzi. Anche scorporando la parte che sarebbe andata al cognato Paulinho, Andressa avrebbe ereditato da

Anselmo Kowalski terre, vacche, alberi e macchinari. E, probabilmente, anche abbastanza soldi. Che il loro non fosse un matrimonio d'amore e passione era un fatto risaputo, e confermato dall'attitudine un filo troppo pragmatica della neovedova: la morte di Anselmo sembrava darle fastidio come fosse un'incombenza, ma almeno in apparenza non l'aveva colpita più di tanto. Quello che non tornava, però, era immaginarla con suo marito, di notte, a dar fuoco al capannone del dirimpettaio concorrente. Non le sarebbe mancata l'ispirazione, o il coraggio. Anzi. Magari l'idea l'aveva anche avuta lei. Ma il Polacco era un uomo troppo tradizionalmente maschilista per portarsi dietro sua moglie in una faccenda così "da uomini". Quindi al massimo Andressa poteva aver senso come mandante dell'omicidio, non come esecutore materiale. Ma questo significava che avrebbe dovuto trovare un esecutore di cui Anselmo si fidasse abbastanza da portarlo con sé per dar fuoco al capannone; e che una volta identificato il candidato killer, lo avesse in qualche modo convinto a tradire la fiducia del Polacco. Uno dei suoi sgherri, quindi. Uno di quelli pagati da fame, perché con pochi soldi sarebbe stato facile reclutarlo.

Tornato in ufficio, Kaufmann trovò l'agente Mourão seduto sulla poltrona di Foucault, con un fucile d'epoca in mano. «Ingegnere, guardi cosa ho trovato a casa del fratello della vittima» disse il poliziotto con un tono soddisfatto e anche un po' preparato. Doveva essere una bella soddisfazione, quella di trovarsi finalmente in prima linea per la soluzione di un caso.

«Be', complimenti, agente Mourão, sarà stato un lavoraccio! Una perquisizione dal Polacchino... Dove l'aveva nascosto?»

«Nascosto? No, ma che nascosto! Stava appeso proprio sopra il caminetto!»

Una regola non scritta dell'architettura parvenu del Nord brasiliano è che più fa caldo (e ne fa tanto, ovunque, quasi sempre), più è importante prevedere un caminetto nel soggiorno. Moderno-finto-design, come quello scelto da Andressa, oppure baroccheggiante ed eccessivo, come quello dei cognati; ma in ogni caso, un caminetto. E inevitabilmente, sopra il caminetto, va appesa una tv gigante, come se fosse un quadro: tanto, un caminetto spento mica riscalda. Talvolta, anche con una cornice, di stucco o di legno, che richiami lo stile del caminetto. L'assenza di tv sul camino barocco di Kowalski junior, in questo caso, era dovuta all'acquisto recente di un ottantadue pollici con piede in alluminio curvato, che aveva sostituito il vecchio sessanta pollici sfondato da una zuppiera volante in occasione di una lite coniugale. E siccome l'ottantadue pollici sul caminetto proprio non ci entrava, perché la parete della canna fumaria era più stretta, il Polacchino evidentemente aveva deciso di esporre il suo Mauser d'antiquariato come oggetto decorativo. Scelta già di per sé curiosa in tempi normali. Ma rimetterlo lì dopo averlo usato per sparare, francamente, era una bravata insopportabile perfino per un brasiliano cresciuto a riso, fagioli e impunità.

«Lo avete già arrestato?»

«L'abbiamo già interrogato, ingegnere. Ma egli non confessa. Senza confessione non lo so se possiamo arrestarlo subito.»

Che novità interessante, pensò Kaufmann, Mourão si è scoperto garantista.

«Ho anche provato a mollargli un paio di sberle, ma niente, non canta» aggiunse Mourão. La fase garantista era durata poco.

«Niente?»

«No. Anzi, ha un alibi.»

«Ah. E che alibi ha, agente?»

«Lo stesso suo, ingegnere.»

«Io non ne ho alibi, agente Mourão, ne abbiamo già parlato. Ero a meno di dieci metri dal luogo del delitto, al momento del delitto. Stavolta non mi avete accusato ingiustamente soltanto perché per fortuna c'era Ramiro con me, e quando uno scagnozzo del Polacco mi ha accusato prima che voi arrivaste, ha dovuto constatare che non avrei avuto il tempo materiale per poter essere il colpevole.»

«Ma no, che c'entra, non intendo l'alibi di questa volta. L'altro alibi. Quello di quando ha sparato al suo socio e poi l'ha bruciato.»

«Agente Mourão, ma veramente? Di nuovo? Il mio ex socio è vivo, io non ho sparato a nessuno, e non ho bruciato niente. Quel disgraziato che abbiamo trovato in sala macchine non l'ho ammazzato io, e per quanto ne so, la presunzione d'innocenza è sempre valida.»

«Mah. Io so solo che quel morto non lo abbiamo risolto. Comunque, per quel morto lì il suo alibi era che Carlinhos il manovratore aveva detto che lei stava dall'altro lato del fiume. E stavolta è uguale, Paulinho Kowalski dice che il manovratore lo ha visto dall'altro lato del fiume.»

Inutile stare a reclamare. Mourão aveva deciso che quel cadavere bruciato l'aveva ammazzato lui, e non c'era verso di toglierglielo dalla testa. Per fortuna, era una convinzione che non gli impediva di collaborare cordialmente. Forse al poliziotto piaceva l'idea di farsi aiutare da un astuto criminale che l'aveva fatta franca.

«Non mi torna, però. La cognata del Polacchino mi ha appena detto che secondo lei la sera del delitto il Polacchino era andato a buttane. Perché ha attraversato il fiume verso Porto Velho? I bordelli che frequenta stanno dall'altro lato, in direzione Cuiabá.»

«E magari preferisce le buttane di Porto Velho, no? Guardi che noi di Rondônia non abbiamo niente da invidiare al Mato Grosso. Nemmeno i bordelli.»

A quel punto arrivò anche il viceispettore Aguiar, che

era andato a confermare l'alibi del Polacchino con Carlinhos: sì, all'ora dello sparo era senz'altro sulla sponda opposta del fiume. Decisero di telefonare a Marisa Pontes per tenerla al corrente e chiedere disposizioni sul da farsi. La telefonata fu breve e ruvida: la signora Pontes detestava le interruzioni di lavoro mentre si faceva smaltare le unghie all'Espaço Mulher Chique, nel centro commerciale. Nonostante i toni, per lo meno spiegò lei stessa ai suoi agenti che l'arma del delitto l'avrebbe anche potuta utilizzare qualcun altro, e per prudenza decise perfino di richiedere i tabulati telefonici per verificare l'alibi del Polacchino indipendentemente dalla testimonianza del manovratore, e capire dove fosse stato il fratello della vittima, effettivamente, quella sera.

«Eh, i tabulati... tra un mese li vediamo» commentò Mourão dopo aver riattaccato.

«Se mai li vedremo» chiosò Aguiar.

«Perché, è una cosa difficile?» chiese Kaufmann.

«No. Ho un cugino che ci lavora e dice che lo fanno per fare dispetto alla polizia, di perdere tempo.»

«E non possiamo chiedere una cortesia a suo cugino, viceispettore?»

«Io no, se si viene a sapere sospendono sia me che lui. Però magari lei sì, ingegnere. Vada a trovarlo all'ufficio centrale della compagnia telefonica a Porto Velho.»

«Ma scusi, alla polizia i tabulati li danno dopo un mese se mai li danno, e a un gringo qualunque che entra e chiede li stampano a vista?»

«Ah, vede, ingegnere, mio cugino è un golosone. Di fronte all'ufficio in cui lavora c'è un negozio che fa torte caserecce. Buonissime. La sua preferita è quella di farina di mais. Ne compri due, e gliene porti una all'ufficio sette, terzo piano. Vedrà che i tabulati glieli darà subito.»

Al consolato svizzero la torta di ciliegie per una firma, alla compagnia telefonica la torta di mais per i tabulati.

Giusto. Però qui non si trattava di accelerare un processo dovuto: stampare dei tabulati per un estraneo era un crimine bello e buono. La torta andava farcita, ed era importante seguire la ricetta.

«Cosa ci metto, sotto la torta?» chiese Kaufmann.

«Al suo buon cuore, ingegnere. Quello ha tre figli da crescere. Mi raccomando la busta, però. La torta la fanno con l'olio di semi, se usa una busta troppo sottile si ungono tutte le banconote, che figura ci fa poi mio cugino?»

«Chiarissimo. E della seconda torta che ne faccio?»

«E ce la porta qui ad Araxá, no? Se le dico che sono buonissime...»

Mentre l'ingegnere si preparava per uscire, Aguiar aggiunse: «Ingegnere, gliela posso chiedere una cortesia?»

«Ci mancherebbe. Cosa le porto dalla città oltre alla torta?»

«No no no, è una cosa di qua. Non è che ha un posto sicuro per custodire l'arma del delitto?»

«Quella cassapanca. Lo vede il lucchetto? La chiave sta nel primo cassetto della scrivania. Ci chiudo dentro il computer quando vado in Svizzera. Cioè, da un po' di tempo a questa parte, mai.»

«Perfetto. Chi lo sa che la chiave sta nel primo cassetto?»

«Nessuno. Neanche Ramiro.»

«Allora è proprio adatta, ingegnere, la ringrazio.»

Torta di mais farcita e consegnata, documenti ottenuti, amicizia col cugino di Aguiar stabilita. Lungo la via del ritorno, con la seconda torta sul sedile posteriore accanto a un robusto pacco di tabulati telefonici freschi di stampa, Florian ebbe un'idea. Più che altro, gliela suggerirono i versi duri e aggressivi di Mark Knopfler in *Money for Nothing* – Paulinho non faceva granché, di lavoro: fingeva di ispezionare le attività di estrazione lato foresta, organizzava le paghe, comprava elettrodomestici cari e naturalmente andava a troie. I soldi li riceveva da suo fratello in cambio di niente, senza sforzo. E questo non è lavorare. E allora perché spararigli o fargli sparare? A meno che... a meno che, certo, il flusso di "soldi in cambio di niente" non fosse diminuito. E questo glielo avrebbe potuto confermare soltanto una persona. Bisognava fare un salto dal dottor Fabiano, prima di rientrare ad Araxá, e chiedergli ragguagli sulla situazione finanziaria dei due fratelli Kowalski e della loro impresa, sperando che Fabiano fosse disposto a violare il segreto professionale per aiutare un'indagine informale. Le torte di mais, con lui, non funzionavano. E soprattutto bisognava sperare che rimanesse più o meno in argomento e non divagasse, altrimenti avrebbe fatto notte.

9

È difficile che una riunione dal commercialista risulti altro che profondamente noiosa. Necessariamente noiosa. Importante, forse. Dirimente. Intensa, talvolta. Ma divertente, no. La riunione dal commercialista dev'essere noiosa. Il dettaglio bizantino di una norma. L'interpretazione sub iudice di un cavillo sul perimetro di applicazione dello scorporo di un'aliquota. La revisione dei principi contabili tra un bilancio e l'altro. Gli scostamenti, le giustificazioni.

Inevitabilmente, quindi, gli uffici dei commercialisti tendono ad avere lo stesso grigiore suadente e placido delle conversazioni che ospitano: una specie di convenzione internazionale detta la semantica dell'arredamento d'interni. Dalla scrivania alle tazzine, dai quadri alla moquette, tutto deve trasmettere un senso rassicurante d'ineluttabilità, di procedura operosa, di conoscenza precisa e dettagliata, di imperturbabilità. Mai una parete colorata. Mai un dettaglio spumeggiante. Mai un quadro se non di quelli generici, quelli che dimentichi nell'attimo esatto in cui li vedi. Un commercialista creativo, aveva detto una volta a Florian uno dei direttori delle Assicurazioni Generali Cantonali a Zurigo, è un uomo pericoloso. A Zurigo come a San Paolo, a New York come a Manila. Certo. Come dargli torto. La contabilità creativa scassa le aziende. Però

Araxá do Oeste sta in mezzo alla foresta. E una delle cose che si imparano in fretta, in mezzo alla foresta, è che fare gli schizzinosi serve a poco. Questo c'è, e questo si adopera. La Pousada da Estrela fa schifo? Pazienza, sempre meglio che dormire per strada. Le verdure di Andressa Kowalski non sono fresche? Però almeno esistono. Il bar di Jackson è infame e lurido? L'alternativa è la sobrietà, oppure l'alcolismo solitario. In mezzo alla foresta, quello che c'è come commercialista è il dottor Fabiano. E con il dottor Fabiano bisogna avere a che fare, perché i conti li tiene lui: il concorrente più vicino sta sette ore di macchina più in là.

E quando ci si prepara a una riunione dal dottor Fabiano, commercialista, avvocato, occasionalmente anche barbiere, e di recente macellaio, a tutto ci si prepara, fuorché a un momento di noia. Tutto l'universo del dottor Fabiano era un groviglio di salti logici brasiliani, di quelli che non vale neanche la pena di voler capire. Ci si prepara dunque all'assurdo. E, da un po' di tempo a questa parte, al freddo e alla puzza.

Florian entrò nel capannone refrigerato protetto solo da una vecchia felpa del Politecnico di Zurigo macchiata e scolorita che teneva in macchina. Serviva appunto solo per le conversazioni col commercialista: il resto della quotidianità di Kaufmann prevedeva temperature molto più alte. L'ingegnere attraversò la linea di produzione, un paio di operai gli fecero un cenno di saluto con la testa o con la mano: qualsiasi possibilità di sorriso era impedita dalle maschere e dagli occhialoni. Fabiano era riconoscibile, in testa alla linea, dalla tenuta a modo suo ricercata: grembiule e guanti in cuoio, forse più scomodi ma certamente più sicuri e vistosamente più cari, ordinati per corrispondenza da un catalogo americano (ci avevano messo quasi sei mesi per arrivare fino alla zattera di Carlinhos: il Brasile è più forte perfino delle multinazionali tecnologiche); un berretto da sci con la bandiera crociata svizzera, regalo di Florian, al posto della cuffietta bianca «perché quella al massimo evita gli schizzi, ma le orecchie comunque si raffreddano»; strumenti taglienti e sofisticati in mano – quello che un operaio qualsiasi avrebbe tagliato con un colpo secco di mannaia, il dottor Fabiano lo segava con un gadget americano a batteria ricaricabile, quasi senza sforzo, seppure con minore rapidità.

«Neanche oggi?» disse Florian, quasi gridando, per superare il frastuono della linea di produzione.

«Neanche oggi!» esclamò in risposta Fabiano, facendo ciao-ciao con la sega a piatto, in funzione. «Stavolta quello stronzo del capofila è rimasto a casa. Dice sua moglie che pensa che abbia preso la dengue. Le ho risposto che secondo me ha più cachaça che sangue in corpo e le zanzare lo schifano.» E quindi, in assenza del capofila, Fabiano doveva rimanere al suo posto di lì a fine turno, altrimenti il camion settimanale per i supermercati della zona Sud di Rio de Janeiro sarebbe partito mezzo vuoto, e una consegna parziale non se la poteva permettere neanche il dottor Fabiano. Riprese a segare i quarti di vacca che gli arrivavano davanti, agganciati alla linea superiore. Divisi in pezzature minori, li ripassava alla linea inferiore per le fasi successive. Gli operai di Fabiano, nella linea inferiore, avrebbero separato le parti nobili – maminha, alcatra, fraldinha, filé e soprattutto l'agognata picanha – per l'impacchettamento e la spedizione a Rio. Il resto andava processato o venduto localmente, per pochi soldi. Se del maiale non si butta niente, della vacca in Amazzonia si butta fin troppo: un'inefficienza che ha un senso economico solo a volumi elevati, e se la terra non costa perché tanto è stata strappata a forza, e gratis, alla collettività, ettaro dopo ettaro. Delle pratiche agricole "sporche" del Brasile, Kaufmann l'ecologista detestava l'allevamento bovino più di tutte le altre. Perché profondamente inefficiente, ma anche perché in competizione diretta con la sua filosofia d'impresa: estrarre legnami pregiati mantenendo la foresta in piedi. Una contraddizione che i fratelli Kowalski rifiutavano di vedere, però, e infatti facevano soldi sia con le vacche che con i legnami: tanto di foresta ce n'è quanta ne vuoi, un pezzo lo bruci e lo trasformi in pascolo per le vacche, un pezzo lo abbatti e lo trasformi in tavoloni di legno. Che problema c'è? È grande, la foresta. Gli alberi non finiscono mai.

L'ingegnere guardò l'orologio alla parete del capannone: le undici meno un quarto. Mancava poco alla pausa sindacale. «Ti aspetto in ufficio?» chiese al dottor Fabiano.

«Se sei venuto per le ossa da midollo, te le puoi prendere da solo là nel mucchio.»

«Grazie, poi magari chiedo a Cleide di passare, ma in realtà devo parlare con te.»

«Capelli lunghi?»

«No, no, i capelli sono a posto. Di numeri, dobbiamo parlare.»

«Il caffè te lo sai fare. Ci vediamo tra dieci minuti.»

«Che ti devo dire, Florian, anch'io sono abbastanza scosso. Per la verità, sono anche molto preoccupato.»

Il dottor Fabiano era un uomo un po' incongruo, per quelle latitudini. Anche fisicamente. Alto, solido, con dei ricci chiari che rimanevano a posto da soli anche sotto il berretto. Una specie di media statistica, e genetica, delle onde migratorie del primo Novecento verso il Sud del Brasile: biondo come un tedesco, abbronzato come un italiano. Un forte accento paranaense, con la erre scivolosa come in inglese, nonostante gli anni passati al Nord. Si soffiò per la terza volta il naso, con un pernacchione che certamente aveva una chiara intenzionalità teatrale. Con una parabola calcolata alla perfezione, la palla del fazzoletto centrò il cestino alla destra di Kaufmann.

«Quasi tutti pensano che il freddo del mattatoio sia un'esigenza della vigilanza sanitaria, dell'ufficio d'igiene, della protezione dei consumatori, che so. Che è anche vero, ma naturalmente quelli con un assegno mensile comunque te li devi mettere in tasca, quindi anche se lavorassi a trentacinque gradi potrei spedire i camion a Rio senza problemi.»

«E senza assegno sarebbe impossibile, invece, anche col freddo.»

«Bravo, hai studiato. Se dovessimo rispettare tutte le norme di sicurezza, nei macelli brasiliani, saremmo un paese vegetariano già da anni, perché nessuno riuscirebbe a produrre neanche una cotoletta, una sola. E quindi assegno. Puntuale come i camion di picanha. Peraltro, assegno e picanha. Mica posso solo pagarli, gli ispettori. Li devo anche coccolare. I pezzi migliori, il giorno dell'ispezione, li metto da parte per il loro churrasco, lo facciamo lì in cortile. Il giorno dell'ispezione la temperatura la aumento anche un po', altrimenti gli ispettori si infreddoliscono. E pazienza, il sindacato per qualche ora non arriva mica a lamentarsi.»

«Il sindacato?» provò a chiedere Florian.

«Il sindacato! Di questo stiamo parlando, ingegnere mio. Il freddo serve a ridurre il fetore. E se il macello puzza, gli operai non lavorano. Naturalmente il fetore diminuisce perché rallenta la putrefazione, ma soprattutto ne diminuisce la percezione perché aumentano le secrezioni nasali di chi lavora.»

Altro fazzoletto, altro pernacchione, altra parabola, altro canestro.

«Dottor Fabiano, torniamo in argomento.»

Mantenere il titolo di dottore, anche dandosi del tu e in un contesto informale, era un gesto di rispetto importante verso chi al titolo, meritatamente o no, ci teneva oltremisura. Glielo aveva insegnato Diana.

«La carne, dici?»

«No. L'argomento prima.»

«Ah sì sì sì. Il Polacco. Cosa ti stavo dicendo?»

«Che sei preoccupato.»

«E certo che sono preoccupato. Non so se è peggio il Polacchino o Andressa, per l'azienda, e non ho idea di come si debbano mettere d'accordo tra di loro. E se falliscono, intanto gli arretrati non me li paga nessuno, ma poi hai idea di quante burocrazie e seccature toccano a me?»

La preoccupazione era l'attitudine normale del dottor Fabiano rispetto alla vita aziendale. Quando metteva su la faccia e la voce da commercialista, immediatamente prendeva un'espressione preoccupata, come se tutte le aziende fossero sempre a un passo dal fallimento. Il che, in Brasile e soprattutto in quella regione, non era neanche del tutto sbagliato: anzi, la preoccupazione del dottor Fabiano tendeva a essere abbastanza fondata. Per fortuna, Fabiano era anche un mago nel far sparire pezzi di patrimonio, mettere a bilancio improbabilità e intangibilità assortite, salvare il salvabile e gettare in pasto al fisco e ai creditori delle carcasse inservibili – subito sostituite, per assoluta coincidenza allo stesso indirizzo d'esercizio, da nuove e fresche aziende di nuovi e freschi proprietari, che nulla avevano, in burocratica apparenza, in comune con i precedenti ormai caduti in rovina. Anzi, i nuovi proprietari, di solito investitori a distanza, erano in genere persone dal cuore d'oro, che di fronte alla disgrazia dell'ex imprenditore accettavano di assumerlo come direttore generale, con lauto stipendio e bonus anche quando i dividendi si contavano in centesimi l'anno.

«Non sapevo che ti dovesse degli arretrati.»

«Mica lo dico in giro. Altrimenti poi arrivi tu con l'incendio e la ricostruzione del capannone e mi chiedi lo sconto per sei mesi.»

«Non mi permetterei mai. Ogni centesimo a un buon commercialista è un centesimo speso bene, me l'hai insegnato tu.»

Il commercialista lo guardò con un sorriso compiaciuto e continuò. «Due anni e mezzo solo di parcelle mensili, più qualche tassa e bollo. Ma non è quello il problema. C'è anche il milione e mezzo dell'acquisto di questa maledizione di macello bovino.»

Eccoci, pensò l'ingegnere, un bel salto logico. Ma il dottor Fabiano era meglio non interromperlo, perché si correva sempre il rischio di partire su un'ulteriore tangente, o magari di tornare a discutere di cotolette. Florian lo guardò, facendo appena un lieve cenno della mano che dimostrava interesse nell'approfondire la questione.

«Cinque anni fa, Kowalski fece un accordo per l'acquisto di terre e capi di bestiame appartenenti a un vicino dal lato di Rondônia, il vecchio Wiener; tu non te lo puoi ricordare perché è morto poco prima che arrivassi, comunque Wiener aveva ottant'anni, tre figli rapaci e incapaci, e una volontà ferrea di spendere il più possibile prima di morire, soprattutto in puttane, whisky e coca. E ci riusciva anche bene: in due anni fece fuori oltre metà dei soldi della vendita della fazenda a Kowalski, anche perché il bordello in città a Porto Velho superfatturava, lo so perché il loro commercialista è un incapace e un paio di volte l'anno i conti glieli rivedo io, comunque insomma in due anni oltre a un camion di soldi il vecchio Wiener fece fuori anche quel poco di salute che gli restava. Lo trovarono morto d'infarto in un privé del bordello, con le calze a rete, abbracciato a un Jéroboam di Dom Perignon. Vuoto.»

E su questa immagine, Fabiano considerava la storia conclusa. Florian provò a riprendere le fila del discorso: «Va bene, ma tu che c'entri?»

«Io? Ah, niente. Dovevo soltanto mediare e valutare la transazione. Suggerii a Kowalski di trovare un morto cui ripassare il macello bovino di Wiener, che era troppo pieno di debiti. Ce l'avevo anche, un morto fresco fresco, decesso già constatato e atto notarile non ancora trascritto, senza eredi apparenti, in un villaggio a novanta chilometri da Teresina, nel Piauí: un codice fiscale eccellente per questo genere di transazioni, me l'aveva passato un collega che mi doveva un favore, mentre sottoscriveva una cessione del quinto della pensione a nome del morto. E Kowalski però mi chiese se non si potesse tenere in piedi, perché senza macello nelle vicinanze le sue mandrie avrebbero perso parte del loro valore.»

«E quindi?»

«E quindi il codice fiscale lo riutilizzai per una vecchia impresa della signora Barcelos, cui facevano capo oltre sette milioni di debiti erariali e una dozzina abbondante di processi di giustizia del lavoro, poverina. Non sai la felicità quando glielo comunicai.»

«E il macello?»

«Il macello decidemmo di tenerlo in piedi. Con un paio di milioni si poteva facilmente rimettere a nuovo, e se c'è uno che sa rimettere a nuovo qualsiasi cosa, quello sono io. Te l'ho fatta vedere l'Harley-Davidson?»

«La settimana scorsa, sì.»

«Sembra nuova, vero? Ed era un rottame. Ora non fa i centottanta solo perché da queste parti è impossibile. Ma uno di questi giorni la porto in città e la provo per davvero.»

Ed ecco un'altra deviazione per la tangente. Con pazienza, Florian si sforzò di riportare il dottor Fabiano in carreggiata. «Ci andiamo insieme, sono curioso pure io. Martedì dovrebbe andare bene per me, se per caso dovessi riuscire ad avere una linea di produzione senza assenti.»

«Ma porca miseria, ogni giorno ce n'è una. Ogni giorno. Che se non fosse per la situazione di cassa, sarei pure disposto ad accettare dei rallentamenti. Ma la cassa quello stronzo di Kowalski me la promise piena e me la lasciò vuota.»

«Non ti ha mai versato i famosi due milioni?»

«Mezzo milione lo versò subito, all'atto dell'acquisto

del patrimonio di Wiener, anche perché altrimenti non avrei fatto i passaggi di proprietà. Il resto lo aspetto ancora, e quindi adesso devo sperare che riescano a darmelo Polacchino e Andressa.»

«Non me l'avevi mai raccontato.»

«E che te lo dovevo raccontare a fare? La conosci già, una storia così. Te l'ha fatta uguale uguale il tuo ex socio.»

«Mi sarei sentito meno solo, però. Magari anche meno scemo.»

«No. Ogni truffato è scemo da solo, Florian. Io sono più scemo degli altri perché i conti del truffatore li conoscevo benissimo, e da anni. Tu almeno di Heitor sapevi poco e hai sbagliato a fidarti. Io sapevo che non avrei dovuto.»

«E perché hai accettato?»

«Perché, come tutti i truffati, sono un arrogante, Florian. Come lo sei anche tu. Anzi, tu di più perché sei gringo. Pensiamo tutti di essere più esperti di quelli che invece ci stanno raggirando. Di aver visto qualcosa che gli altri non vedono. Di essere immuni perché più intelligenti. Io pensavo di aver trovato una maniera di fare soldi per davvero, pulendo il macello col pagamento di Kowalski e vendendolo bello e infiocchettato a un conglomerato qualsiasi. Tu pensavi di aver scoperto una strategia brillante, la verticalizzazione della catena del valore o qualcosa del genere. E così tu devi esportare pedane e pedane di parquet, mentre io faccio a pezzi le vacche con la sega a piatto.»

«Detta così, è andata meglio a me.»

«No. Perché la tua cuoca è un vero cesso, mentre la mia segretaria non è male.»

Florian rise per mantenere il flusso della conversazione. E pensò che, oltre al Polacchino e ad Andressa, volendo anche Fabiano un movente l'avrebbe avuto. Ad Araxá do Oeste, come del resto in tutta l'Amazzonia, si sparava per molto meno di un milione e mezzo. Anche se rimaneva più probabile che a sparare col fucile d'epoca di Paulinho Kowalski fosse stato, giustamente, Paulinho Kowalski stesso, o al massimo qualcuno ai suoi ordini. Bisognava trovare la maniera di farlo parlare.

«Non capisco una cosa, dottor Fabiano. Kowalski ti doveva un milione e mezzo, e non ti pagava la mensilità. Perché continuavi a tenergli i conti?»

«Eeeeh, perché, perché. Che vuoi che ti dica? Perché almeno così tenevo sotto controllo il patrimonio, e potevo continuare a illudermi che prima o poi mi avrebbe pagato. L'avessi lasciato in mano a quell'imbecille del mio collega di Porto Velho, sarebbe fallito nel giro di sei mesi, con la quantità di debiti che è riuscito ad accumulare.»

«Banche?»

«Mai. Con le banche qui hai a che fare solo tu, e solo perché sei gringo.»

«E allora debiti con chi?»

«Con i suoi... investitori.»

L'esitazione non sfuggì a Florian, e il commercialista se ne accorse benissimo. A quel punto il dottor Fabiano si alzò, indicò la lancetta dell'orologio che segnava la fine imminente della pausa sindacale, rimise il berretto e il grembiule di cuoio e si preparò al suono della sirena.

«Dottor Fabiano, un minuto...»

«Mi dispiace, Florian. L'orario di servizio è l'orario di servizio. È una delle poche cose che sono riuscito a ripulire in questo merdaio. Adesso devo tornare in testa alla linea di produzione. Altrimenti come glielo spiego a tutti gli altri che non si comincia il turno con cinque minuti di ritardo? Se oggi mi permetto io di ritardare, poi domani mi ci vuole un quarto d'ora, dopo la sirena, a raccoglierli tutti per metterli al lavoro. E comunque ti ho raccontato fin troppo, più di così andrebbe contro la mia deontologia.»

Era abbastanza evidente che degli investitori del Polacco non se ne sarebbe parlato. Così come era evidente che il commercialista non sarebbe entrato nei dettagli della situazione finanziaria di Anselmo Kowalski, e quindi dei possibili conflitti con Andressa o con Paulinho, visto l'uso pomposo e deliberato del termine "deontologia", forse per la prima volta in quella regione. Kaufmann si rimise in macchina, con un sacchetto di ossa da midollo per sé e uno di scarti di lavorazione che le cuoche avrebbero trasformato in un mexidão, con riso e fagioli, per la colazione degli operai. Sentì una specie di nostalgia per un tempo più semplice, in cui l'*os à moelle* andava semplicemente ordinato al bistrot francese vicino all'ufficio, a Zurigo, in cui il suo commercialista di riferimento era un professionista svizzero, grigio, noioso e rassicurante, e in cui non gli toccava giocare al detective in un'indagine che a essere onesto gli interessava abbastanza poco.

10

Anche Aguiar e Mourão avevano stabilito che bisognasse far parlare il fratello della vittima. E intendevano procedere a modo loro. Degli abusi dei due poliziotti ad Araxá do Oeste Kaufmann si preoccupava poco: intanto perché erano poliziotti, e questo agli occhi di tutto il villaggio implicava inevitabilmente una certa tracotanza goffa e sommaria, caratteristica quasi naturale del ruolo e della divisa. Ma poi comunque non erano un problema suo, fondamentalmente: se i suoi vicini non gradivano, che reclamassero con Marisa Pontes. Lui era vittima delle incursioni maleducate di Mourão e Aguiar come tutti gli altri – anzi, più degli altri, visto che da lui mangiavano tre volte al giorno, copiosamente. Se ne era lamentato proprio in questi termini con padre Romero, in confidenza naturalmente, e padre Romero aveva prontamente e prevedibilmente ripassato la confidenza a Estrela, che ne aveva subito parlato anche con Pedrão il meccanico, al bar di Jackson, che l'aveva ripetuto a sua moglie, che l'aveva commentato con Andressa e Thays mentre si ritoccavano le unghie. L'immagine di buon cittadino della comunità rurale di Araxá do Oeste, per l'ingegner Kaufmann, era quindi più che protetta dagli schizzi di fango degli stivali dei poliziotti.

Oggi però stavano esagerando. L'idea che gli sbattessero il Polacchino in ufficio per un interrogatorio un po' muscoloso non gli piaceva affatto. Lo aveva accettato soltanto perché di alternative valide non ne vedeva: in casa sua Paulinho Kowalski non avrebbe mai ceduto e confessato; in un locale pubblico non sarebbero potuti andare, anche perché l'unico locale più o meno pubblico era il bar di Jackson, fin troppo aperto e trasparente per potersi servire delle mani pesanti dell'agente scelto Mourão; nella pousada, Estrela non li avrebbe lasciati entrare per un interrogatorio; rimaneva l'opzione di portarlo dritto in città in commissariato, ma in quel caso lo avrebbero interrogato i poliziotti da soli, senza la consulenza informale dell'ingegnere, il che già di per sé avrebbe garantito un buco nell'acqua.

L'ingegnere passeggiava nervosamente per il patio davanti all'ufficio, bevendo caffè su caffè più per lo zucchero che per la caffeina («Dio mio, Doutor, non le farà mica male?» aveva chiesto preoccupata la cuoca). Ripassava mentalmente le principali sequenze possibili di domande, gli indizi e le strategie per far cadere il Polacchino in contraddizione, i dati che avevano e i dubbi che rimanevano. E aspettava che Aguiar e Mourão tornassero con il sospettato sottobraccio.

Appena vide i tre uomini al cancello, Kaufmann diede inizio al teatrino che avevano concordato un'ora prima con il viceispettore. Faccia sorpresa, passo lesto, li aveva raggiunti a metà cortile. Polacchino era bianco carta, anche più del solito, a eccezione di un bell'arrossamento della guancia destra, sicuramente accarezzata dall'agente Mourão. Tremava.

«Viceispettore, io non capisco come lei si permetta...»

«Ingegnere, ho bisogno del suo ufficio per parlare col suo vicino» lo interruppe brusco Aguiar. Florian ringraziò mentalmente che stavolta, a differenza delle prove, Aguiar si fosse ricordato di non fargli l'occhiolino.

«Abbia pazienza, viceispettore, io la aiuto volentieri in tutto, e lei lo sa, ma questo mi pare francamente eccessivo.»

«E perché? Due chiacchiere amichevoli, nient'altro. Senza troppa gente in giro, ché questo villaggio è pieno di curiosoni. E il caffè è più buono qui da lei che giù al bar. Una mezz'oretta in santa pace e ce ne andiamo.»

«Amichevoli, le chiacchiere?»

«Amichevoli, amichevoli, stia tranquillo. Sono sicuro che il signor Kowalski vorrà mantenere la conversazione su un piano amichevole, sereno e collaborativo. Dipende più da lui che da noi.»

«Ma se si tratta di due chiacchiere amichevoli e un caffè, ispettore, non le darà fastidio se in ufficio rimango pure io, no?»

Il Polacchino lo guardò, non sapendo se sentirsi rassicurato o ulteriormente preoccupato.

«Il morto l'ha trovato lei, ingegnere. È suo interesse che ci sbrighiamo con le indagini. Se vuole rimanga, ma in silenzio. Si può occupare di quella sua macchinetta complicata, io non la so usare bene e l'agente Mourão nemmeno. Il signor Kowalski sarà felice di bere un caffè fatto come si deve.»

Entrarono nell'ufficio, Florian per primo, seguito dal sandwich dei due poliziotti che tenevano in mezzo Paulinho Kowalski. Florian offrì subito la poltrona di Foucault al Polacchino, che si sedette tremante.

«Stai comodo?» gli chiese l'agente Mourão.

Il Polacchino esitò, spostando il peso del corpo da una natica all'altra, come per aggiustarsi alla poltrona prima di rispondere. Fece un timido cenno di sì con la testa e Mourão immediatamente gli stampò le cinque dita grassocce della sua mano destra sulla faccia, con un gesto rapido, preciso, calcolato: «E vedi come ti scomodo io!»

Il viceispettore mostrò una calcolatissima indignazione per il gesto inconsulto del suo subordinato. «Agente Mourão, per favore, non esageri», e si scusò immediatamente anche con Kaufmann, il quale mise subito una mano sulla spalla del Polacchino, come a volerlo rassicurare che di fronte a un testimone civile, probabilmente, peggio di così non gli sarebbe andata. Prima che i poliziotti riprendessero, Kaufmann si intromise: «Paulinho, ascoltami bene. Io col viceispettore Aguiar e con l'agente Mourão ho già avuto delle conversazioni abbastanza difficili qualche mese fa, quando è spuntato quel cadavere misterioso nella mia vecchia fossa delle macchine. Quella che secondo me avete fatto incendiare tu e tuo fratello, ma non fa niente, non è di questo che stiamo parlando oggi, non ti preoccupare. Credimi, la cosa migliore che puoi fare è raccontare tutto quello che sai, così finiscono prima. E prima finiscono, prima possiamo tornare tutti alle nostre vite.»

«Tutti no!» ruggì Mourão. «Quel povero disgraziato di tuo fratello no! Perché l'hai ammazzato? Eh?», e si avvicinò alla poltrona, dove Paulinho Kowalski si preparava già al secondo ceffone. Kaufmann si mise in mezzo. Con un ampio gesto del braccio e un'enfasi da palcoscenico di sagra di paese, convinse Mourão a concentrarsi sulla scelta del tipo di capsula del caffè, mentre il viceispettore Aguiar riprendeva l'interrogatorio.

«Facciamo così. Lei adesso ci racconta due cose. Innanzitutto, dov'era veramente la sera dell'omicidio di suo fratello?»

Paulinho rispose piccato: «Ma ve l'ho già detto! Ero in città!»

Aguiar riprese, didattico: «Ecco, appunto. La seconda cosa che ci deve spiegare è perché ci ha raccontato questa stronzata.»

Paulinho rispose subito che non era una stronzata affatto, che era in città, e che Carlinhos lo aveva già confermato, che non aveva altro da dire e che lo lasciassero andare. Aguiar gli comunicò con uno sguardo che si aspettava quella risposta, fino alla virgola. Poi si girò verso Florian: «Ingegner Kaufmann, mi faccia un favore, ché sono senza occhiali. Legga il documento che sta in quella cartella sul tavolo.»

Kaufmann lasciò Mourão al suo problema esistenziale di scelta cromatica della capsula giusta, si spostò senza fretta fino alla scrivania, aprì una vecchia cartella giallina e consunta agli angoli, guardò il documento come se fosse la prima volta.

«È un tabulato telefonico, ispettore.»

«Lo so già, che è un tabulato telefonico. Cosa dice questo tabulato?»

«C'è un numero di telefono qui, in calce. Paulinho, mi pare che sia il tuo, aspetta che controllo nella rubrica...» Kaufmann prese il cellulare, fece finta di armeggiare e confrontare col tabulato. «Sì, sì, è il tuo. E c'è una lista di cellule e orari. Ispettore, leggo tutta la lista riga per riga?»

«Non penso sia necessario, ingegnere. Dia un'occhiata all'orario della morte di Anselmo Kowalski, per cortesia. Dove risulta essere il telefono?»

«Toh, guarda un po'. La sera dell'omicidio di Anselmo il tuo cellulare era attaccato alla cellula di Araxá do Oeste, non in città. Oh, Paulinho. Questo sì che è un bel problema, lo sai, vero?»

Silenzio.

Kaufmann si avvicinò col tabulato alla poltrona e si piegò sulle gambe per guardare il Polacchino negli occhi. «Paulinho, questo tabulato non è certo la prova che Anselmo l'hai ammazzato tu. Però è la prova che hai mentito ai poliziotti qui presenti, e anche solo questo è già di per sé un problema. Se ci aggiungi un movente anche un po' banale e il fatto che l'arma del delitto è tua, non ci vuole molto per metterti dentro.»

Ancora silenzio.

Kaufmann si alzò. «Viceispettore, mi pare che la cosa rischia di andare per le lunghe. Mi tocca avvisare Cleide che c'è un ospite in più a cena. Paulinho, cosa ti faccio preparare? Avremmo previsto del pollo allo spiedo, ma naturalmente se preferisci ti faccio arrostire una picanha.»

Paulinho non rispose. Lo guardò appena, abbozzando perfino una lieve sorpresa, come per fargli capire che il menu della cena non era la sua principale preoccupazione in quel frangente.

Aguiar accompagnò Kaufmann alla porta dell'ufficio. «Ingegnere, il bagno qui in ufficio è ancora rotto, vero?»

«Temo di sì. Non ho avuto neanche il tempo di occuparmene, con tutto quello che è successo. Venga con me, ispettore, ci sono i bagni accanto alla cucina.»

«Agente Mourão, rimanga di guardia con il sospettato, e mi raccomando, me lo faccia trovare tutto intero al ritorno.»

«No!» gridò Paulinho.

«No cosa? Quando è urgente è urgente, signor Kowalski. Io devo andare» rispose Aguiar.

«Florian!» chiamò disperato il Polacchino.

«Ci metto un attimo, Paulinho, che vuoi che sia. Mica possiamo rimanere digiuni. Pollo o picanha?», e in assenza di risposta da parte del Polacchino paralizzato dalla paura, scrollò le spalle e uscì, seguito dal viceispettore.

Aguiar e Kaufmann chiusero la porta dietro di sé e rimasero per qualche minuto a guardare l'azzurro scuro del crepuscolo sui tronchi di jatobá nel patio. Un volo di uccelli da parte a parte sembrava affascinarli.

«Araras?» chiese Aguiar.

«Sì. A quest'ora il colore non si distingue bene, ma probabilmente sono azzurre, da queste parti passano ancora regolarmente. Altrove sono praticamente estinte.» Kaufmann controllò distrattamente l'orologio. «Forse un salto in cucina lo faccio veramente» aggiunse.

«Anche il bagno non è una cattiva idea. La faccia fare, quella picanha in più. Tanto non si butta mica via.»

Al ritorno dalla cucina, con due birre in mano, Kaufmann trovò Aguiar già nell'ufficio, e Paulinho tutto intero, sebbene in pessima forma. Niente di visibilmente rotto, probabilmente nessuna sequela di lungo termine, ma Mourão non aveva certo risparmiato le forze, ed era perfino un po' sudato.

«Agenti, voi siete ancora in servizio e non potete accompagnarci, ma se non vi dispiace ho portato una birra anche per Paulinho, visto che si sta trattenendo per cena. Sarà anche un vostro indiziato, ma prima di tutto è ospite mio.»

Paulinho piangeva sommessamente, la testa piegata in avanti. Il viceispettore Aguiar ebbe un'idea. «Ingegnere, qui si fa tardi per davvero. Dovremo chiederle la gentilezza di ospitare il signor Kowalski per tutta la notte. Però è anche ora di un aperitivo e della pausa sindacale, quindi io e l'agente Mourão andremo in cucina a prendere le birre che lei giustamente non ha potuto offrirci. Riprenderemo servizio dopo cena, in due turni. Il primo lo farà l'agente Mourão, il secondo se necessario toccherà a me.»

«E per adesso?»

«Adesso funziona così. Come ha detto lei, ingegnere, il signor Kowalski è suo ospite. Se per caso quando dovessimo tornare dalla cucina non lo trovassimo qui con lei, dovrò considerarla complice della fuga di un probabile omicida. Veda lei come intende organizzarsi.»

Usciti i poliziotti, Kaufmann si avvicinò alla poltrona e porse la birra a Kowalski. «Senti, Paulinho, a scanso di equivoci: la vedi questa pistola? Se ti alzi di qua, io ti sparo, perché non intendo trovarmi nei guai al posto tuo, e non ti preoccupare che quei due energumeni spiegano al giudice che è stato un ovvio caso di legittima difesa. Invece se stai buono e ci facciamo due chiacchiere, magari ne usciamo bene tutti e due, e rispediamo i poliziotti in città.»

Paulinho annuì. Accettò la birra e ne bevve una sorsata rapida e affannata. Tentò un paio di respiri profondi, ma i singhiozzi li rompevano a meno della metà. Un altro paio di sorsate di birra e trovò il coraggio di parlare: «Alla cuoca cos'hai detto?»

Florian sorrise. «Non ti preoccupare. Sia pollo che picanha. Poi scegli.»

«Allora i denti mi servono tutti, in bocca. Quel poliziotto è un animale.»

«Lo so. Già sperimentato all'epoca dell'incendio col morto. Io neanche sono esattamente un tuo amico, ma rispetto alla situazione in cui ti sei cacciato, per il momento sono il meglio che hai.»

«Non l'ho ammazzato io, mio fratello.»

«E questo l'hai già detto sia a Mourão che ad Aguiar. Mi pare abbastanza chiaro che non ti credono. E a me viene molto, molto difficile non concordare. Però magari mi puoi convincere. Spiega.»

«Non l'ho ammazzato io. Non avrei mai potuto.»

«Mi vuoi convincere che gli volevi bene e che questo sarebbe sufficiente a scagionarti? Ma per favore.»

«No, no, non volevo dire questo. Anselmo stava sui coglioni anche a me. Mi mancherà perché a fare soldi era bravo, e a me faceva comodo, ma non certo per amore fraterno. Dico che non avrei mai potuto perché non so sparare.»

«Non sai sparare?»

«No. I fucili li tengo solo per decorazione.»

«Ma non ci basta, Paulinho. Intanto perché è una storia incredibile, e comunque è impossibile da provare.»

«Come, impossibile?»

«Ammettiamo anche che Mourão ti metta in mano un'arma e ti chieda di sparare a un bersaglio, e che tu naturalmente lo manchi, se è vero che non sai sparare. Penserà che l'hai fatto di proposito e che vuoi prenderlo in giro. Finirà come a un processo di stregoneria: se azzecchi, sei capace, e se sbagli, l'hai fatto a bella posta perché sai sparare e anche mentire.»

«Ah.»

«E comunque non importa. Dovesse anche crederti, resta il fatto che ad Anselmo l'assassino ha sparato da una distanza talmente ravvicinata che lo avrebbe preso anche un cieco. Quindi al massimo peggiora la tua posizione: un tiratore più abile non avrebbe corso il rischio di avvicinarsi tanto.»

Silenzio.

«Ma io lo so, chi gli ha sparato. Non è affatto cieco e sa sparare benissimo.»

E questo finalmente era un bel passo in avanti.

«Vuoi anche un whisky, Paulinho?»

«E dammi anche 'sto whisky, gringo. Peggio di così, come vuoi che possa stare?»

Col bicchiere subito svuotato, riempito nuovamente e risvuotato per la metà, Paulinho raccontò.

«Quando ho sentito gli spari ero a casa. Per questo i tabulati dicono che ero ad Araxá. È vero. E ho visto Maicol che rimetteva a posto il fucile in soggiorno.»

«E ti è sembrato normale, Maicol in piena notte nel tuo soggiorno?»

«Può succedere. Ha le chiavi. Ho pensato che avesse usato il fucile per sparare a un giaguaro.»

«Glielo hai detto?»

«No. Mi sono nascosto. Non credo che mi abbia visto.»

«Allora. Tu sei a casa tua, Maicol è nel soggiorno con le mani sul tuo Mauser decorativo, e tu stai in un angolino senza farti vedere né sentire perché pensi che l'abbia usato per sparare a un giaguaro. Finora a occhio la tua versione dei fatti ai poliziotti non dovrebbe piacere.»

«Non ero in un angolino. Ero dietro il televisore.»

«Ma perché?»

«Perché non volevo che mi vedesse lui.»

Il resto del racconto prese una piega surreale perfino per quelle latitudini. Polacchino, in sostanza, sosteneva di non poter essere stato lui, a commettere l'omicidio del fratello, perché troppo impegnato a pianificare quello di sua moglie Thays. Colpevole, a quanto riferiva l'uxoricida mancato, di aver scoperto che il marito le faceva le corna e di volerlo rivelare al mondo, nonostante lui le avesse perdonato delle gran belle scappatelle, peraltro proprio con Maicol stesso. Aveva informato Thays che sarebbe andato in città per una riunione. Dopo un rapido passaggio dall'amante, per aspettare che sua moglie andasse a dormire, era tornato indietro ed era entrato silenziosamente dalla porta-finestra del soggiorno; quando aveva sentito il rumore degli spari, si era nascosto dietro il televisore gigante. Aveva visto Maicol arrivare, appendere il Mauser alla parete e ripartire, richiudendo la porta a chiave. Ma a quel punto Paulinho aveva deciso che c'era troppa confusione per eseguire il suo piano, ed effettivamente aveva sentito Thays fare rumore in camera da letto: come tutti gli abitanti di Araxá, era stata svegliata dagli spari. Così era uscito dalla porta-finestra e ripartito verso il fiume, dove Carlinhos l'aveva fatto attraversare. Aveva passato la notte nella foresta ed era tornato la mattina dopo. E non aveva avuto il coraggio di confrontarsi con Maicol quando aveva scoperto a chi aveva sparato. Kaufmann cercava di ripassare mentalmente la sequenza degli eventi di quella sera. Effettivamente un rumore di macchina che passava davanti alla sua pousada Estrela l'aveva riferito. La storia del Polacchino aveva poco senso, ma non era impossibile.

«Paulinho, c'è un dettaglio che non mi torna, in questa tua storia. Com'è che Carlinhos il manovratore ha mentito per proteggerti? È vero che eri dall'altro lato del fiume, ma solo più tardi.»

Silenzio.

«Paulinho?»

«Mah, tanto, peggio di così... Ero dall'altro lato del fiume anche prima. Ma quando abbiamo finito mi ha riportato di qua.»

«“Abbiamo” chi?»

«Io e Carlinhos. E non lo deve sapere nessuno. Altrimenti sua moglie e suo suocero lo cacciano, se non l'ammazzano direttamente. A Thays ci penso io, ora che è morto Anselmo le cose di soldi le decido io e posso dargliene tutti quelli che vuole, basta che sta zitta e lascia Carlinhos in pace.»

Prima che Kaufmann potesse assimilare la portata della rivelazione, nel contesto non certo progressista di un villaggio remoto in Amazzonia, la porta dell'ufficio si aprì e rientrarono Aguiar e Mourão. «Ingegner Kaufmann, stavolta le sue cuoche si sono superate. Vediamo di sbrigarci con questa chiacchierata, che abbiamo tutti fame.»

«Ha ragione, ispettore. E mi pare che il mio ospite abbia intenzione di collaborare con le indagini. Sediamoci a tavola, che tra pollo e picanha risolviamo tutto. Amichevolmente» rispose Kaufmann.

Dopo cena, l'ingegnere convinse Aguiar a lasciare andare Paulinho Kowalski. Riferì tutto quello che gli aveva raccontato, meno la parte del rapporto col manovratore, sostituito da una generica tresca di cui Carlinhos era a conoscenza e anche un po' complice, grazie al suo ruolo di Caronte della comunità. Uno stiracchiamento della verità che avrebbe fatto invidia ai migliori avvocati di San Paolo. A far bene i conti, però, la versione di Paulinho non lo scagionava: al massimo, rendeva la sua partecipazione diretta un po' meno probabile. I tabulati non bastavano: bisognava ottenere qualcosa in più dai telefoni dei sospettati. Che Maicol avesse sparato ormai era chiaro, anche se quasi certamente non di sua iniziativa, perché di sua iniziativa Maicol al massimo mangiava e dormiva. Bisognava capire chi glielo avesse chiesto, di sparare al suo capo.

11

Stavolta la busta era talmente gonfia di denaro che la scatola della torta neanche si chiudeva del tutto. Il cugino di Aguiar accolse Kaufmann con un sorriso, a braccia aperte: «*Meu amigo gringo!*» esclamò, e subito chiese cosa fosse successo, stavolta, alla sua linea telefonica. Il gringo, ormai ampiamente scafato, inventò di avere inavvertitamente perso nel fiume cellulare, sim e codici di sblocco, che teneva nel portafogli: una storia del tutto implausibile, anche perché si sarebbe potuta risolvere semplicemente al centro commerciale, senza dover passare dagli uffici centrali delle telecomunicazioni; raccontata ad alta voce, però, era sufficiente per giustificare una lunga permanenza alla scrivania. L'assenza di plausibilità non era di per sé un problema: era solo necessario che la versione fosse la stessa per tutto l'ufficio, se per caso qualcuno avesse posto delle domande indiscrete. Del contenuto delle buste, così come delle fette di torta di mais, in quell'ufficio si faceva una ripartizione giusta e solidale: parte consistente al diretto interessato, parte a un fondo comune a redistribuzione paritaria, per non lasciare indietro nessuno, un po' come le mance al ristorante. Con una percentuale fissa per i due rappresentanti sindacali, per remunerare lo sforzo amministrativo.

Abbassato repentinamente il tono della voce, il cugino di Aguiar chiese con efficiente cortesia cosa servisse veramente al suo amico gringo. Kaufmann glielo spiegò. Il suo interlocutore rispose immediatamente che gli pareva un po' troppo complicato. Kaufmann diresse lo sguardo verso la scatola della torta e il suo coperchio rialzato: lo so che è complicato, infatti pago bene. L'impiegato seguì lo sguardo, valutò brevemente lo spessore in eccesso nella scatola, ribadì: «È complicato.» Kaufmann strinse le mani dell'impiegato nelle sue, «Lo so che è complicato, lo so bene. Ma chi potrà mai aiutarmi, se non tu?» L'impiegato ritrasse le mani, le mise in tasca e vi depositò il rotolo di banconote aggiuntive che Kaufmann gli aveva passato, e che non sarebbero state tassate dal fondo collettivo di solidarietà degli altri impiegati dell'ufficio. «Calma, gringo. Complicato è complicato, ma non impossibile. Avrò bisogno dell'aiuto di un paio di colleghi dei servizi tecnici. Una però è particolarmente difficile. Oggi, poi, figurati. L'ha lasciata il fidanzato, che ora sta con la vicina di casa, di vent'anni più vecchia. Che orrore. Facciamo così. C'è un fioraio all'angolo. Compra un bel mazzo di fiori e glieli portiamo. Mi raccomando, mettici un bel biglietto di auguri, di quelli spessi.»

Poche ore dopo, con un'efficienza operativa invidiabile, i cellulari dei principali indiziati – Maicol, Andressa e Paulinho – ricevettero tutti un messaggino ufficiale dalla compagnia di telecomunicazioni, che li invitava a confermare i dati anagrafici e le password in seguito a uno sfortunato incidente di sicurezza in cui erano andati perduti. Lo fecero prontamente tutti e tre, su una pagina ufficiale del sito della compagnia, dopo aver verificato che non fosse una truffa; e non potendo sospettare, naturalmente, che la pagina ufficiale della compagnia fosse essa stessa una truffa. Così, la pagina aveva lanciato, automaticamente e in background, l'installazione di un'app di monitoraggio a distanza dei tre cellulari, per poi naturalmente scomparire senza lasciare traccia nei sistemi della compagnia: se per caso qualcuno si fosse accorto della manovra, sarebbe apparso come uno degli infiniti casi di messaggi falsi. Nessun giudice avrebbe mai accettato i contenuti dei cellulari come prova, ma non lo avrebbe neanche dovuto sapere: una volta terminata l'indagine, ci avrebbe pensato comunque Mourão a farsi firmare una confessione completa a sganassoni.

Birra accanto alla tastiera e quaderno per gli appunti, l'ingegner Kaufmann, alla ricerca del colpevole di un crimine, non esitò quindi a commetterne un altro, e lanciò l'interfaccia remota dell'app di monitoraggio pieno di curiosità. Cominciò dal cellulare di Paulinho. Come previsto, trovò tracce abbondanti dei dissapori col fratello: nei messaggi tra Paulinho e la moglie Thays, per esempio, Anselmo veniva nominato esclusivamente come «quello stronzo». In compenso, non c'era nessuna comunicazione con Maicol che non fossero banalità legate alla gestione ordinaria del patio dei legnami. Che però non voleva dire niente: Maicol e Paulinho potevano perfettamente essersi messi d'accordo a voce. Nulla di fatto, insomma. Se non un paio di messaggi più antichi, tra Paulinho e suo fratello Anselmo, che confermavano la loro responsabilità diretta nell'incendio doloso del capannone di Kaufmann. Per sì e per no, ne conservò una copia.

Il cellulare di Andressa a Kaufmann interessava di più già in partenza, prove o non prove, perché l'app gli avrebbe permesso di cancellare discretamente un paio di foto e video imbarazzanti di cui era protagonista e che lo avrebbero potuto rimettere al centro dei sospetti, se Aguiar e Mourão (o, più realisticamente, Marisa Pontes) avessero deciso di battere la pista passionale. Soprattutto, in una di quelle foto era venuto oggettivamente male, con un paio di maniglie dovute esclusivamente alla posizione. Via subito: va bene i sospetti di omicidio, ma le ombre d'adipe, quelle proprio no.

Scorrendo verso date più recenti, Florian si rese conto, non senza una punta di gelosia, che nella galleria dei ritratti osé del telefono di Andressa Kowalski non era solo. E bravo Maicol, pensò. Non ti bastava una sola signora Kowalski, ti sei sbattuto tutte e due le cognate! La cosa si faceva molto interessante, perché uno dei video più vivaci era stato girato proprio la sera dell'omicidio, circa un'ora prima dello sparo.

Come Paulinho, mentre Anselmo si preparava alla missione piromane, anche Andressa era a letto con un amante. Che l'amante in questione fosse anche l'esecutore materiale dell'omicidio, però, deponeva senz'altro a suo sfavore. Il problema a quel punto era ottenere la confessione, sua e di Maicol. E questo era un problema dei due ottimi poliziotti, che nel frattempo erano già rientrati da Estrela per la notte. Kaufmann decise di andare a chiamarli: torcia in mano, pistola nella giacca, uscì dal cancello del patio della segheria e attraversò il villaggio di Araxá do Oeste a piedi, anche per provare a smaltire l'escondidinho di carne e cipolla di Angela, che nonostante le tre birre era rimasto saldamente ancorato allo stomaco e prometteva una notte interessante, non volendo saperne di scendere. Passò davanti alla chiesa, luci spente anche dietro la finestrella dello studio-sacrestia di padre Romero, che evidentemente era già andato a dormire: quando passava le serate al bar di Jackson, il prete lasciava la luce accesa, perché era l'unico modo di ritrovare la via di casa con gli occhi annebbiati dalla cachaça.

Estrela invece non dormiva. Allungata su una vecchia sdraio di plastica col cuscino a fiori scolorito e sdrucito, fumava una sigaretta e guardava con aria assente una trasmissione televisiva che drammatizzava banalissimi fatti di cronaca, lo schermo appeso precariamente alla parete del bancone del bar aperto sul cortile. Il conduttore, capelli impomatati e raccapricciante completo nero su camicia viola e cravatta ton sur ton, era anche stato ministro della Cultura qualche anno prima, con scarso successo. Florian pensò all'anonimato noioso dei politici svizzeri: di nome, non ne ricordava nemmeno uno. E forse però era meglio così.

«Ciao, gringo» lo salutò Estrela, senza togliere la sigaretta dalle labbra.

«Buonasera, Estrela. Domani mattina ti mando Ramiro a raddrizzare quel televisore.»

«Neanche per idea. Aspetto solo che cada così poi finalmente ne compro uno nuovo.»

«I tuoi ospiti preferiti sono già a nanna?»

«No. La finestra è quella lì, sopra alla catasta di tubi.»

Estrela gestiva i materiali per la costruzione e manutenzione della sua pousada comprando all'ingrosso e rivendendo poi, all'occorrenza, agli altri abitanti del villaggio. Il cortile della pousada, tra tubi, sacchi di cemento e lastre di cartongesso più o meno riparate sotto un assortimento di tettoie ondulate in alluminio, plastica e probabilmente anche amianto, aveva più merce di molti dei negozi della città più vicina, e serviva come centro di distribuzione non solo per Araxá do Oeste, ma anche per altri piccoli villaggi della regione. I soldi Estrela li faceva così: la pousada, tranne pochi camionisti che passavano regolarmente, di clienti praticamente non ne aveva.

Al di sopra dei tubi, la luce della finestrella era accesa. Kaufmann rimase per un attimo a pensare se bussare direttamente alla finestra o fare il giro, finché Estrela decise per lui. «Porta centoventidue, corridoio a sinistra. È quella che hai fatto rifare tu in stile gringo, ci abita il capo. Il suo cane da guardia sta in quella accanto, la quarantacinque.» La pousada di stanze ne aveva in tutto forse una decina, una delle quali era quella in stile elvetico che il vice-ispettore Aguiar aveva naturalmente riservato per sé. Mourão si era dovuto accontentare di una stanza normale, dove Estrela per compensare gli aveva fatto trovare due sacchetti di patatine al formaggio, un tubetto di dentifricio e una lattina di aranciata a temperatura ambiente. L'uso del frigobar, vuoto naturalmente, costava tre reais al giorno in più; e nonostante l'insistenza sul fatto che la temperatura ambiente raramente scendeva sotto i trenta gradi, Marisa Pontes non aveva autorizzato i tre reais di spesa aggiuntiva. La numerazione delle stanze era assolutamente casuale, forse per darsi un'aria da grande complesso alberghiero: centoventidue, quarantacinque, duecentosedici, trentasette e così via.

Aguiar aveva aperto la porta elvetica della centoventidue in mutandoni e canottiera; apprezzando molto le scoperte dell'ingegnere, si era rivestito con solerzia per andare a vedere personalmente i materiali rinvenuti nell'indagine, grazie soprattutto alla promessa di immagini poco eleganti della signora Kowalski. Bussò alla porta della quarantacinque e ordinò a Mourão, da fuori, di prepararsi a uscire. Lasciarono la pousada tutti e tre pochi minuti dopo, salutando rispettosamente Estrela che strofinava acetone con una vecchia pezza sulle sue unghie dei piedi e, a sprezzo del pericolo d'incendio, aveva acceso un'altra sigaretta.

In ufficio cominciarono con una presentazione dettagliata dei messaggi e soprattutto delle foto. Mourão insistette nell'osservare con molta attenzione tutte quelle della signora Kowalski scattate da Maicol, una per una, tornando indietro più volte su quelle che giudicava più interessanti. Nessuna delle quali, naturalmente, aveva a che fare con l'indagine. Soddisfatta la curiosità zozza dell'agente (e del suo capo, che però aveva mantenuto un silenzio quasi professionale) cercarono di formulare una strategia per arrivare alla confessione. L'agente Mourão dichiarò fin da subito che gli sganassoni era sì disposto a darli, ma soltanto a Maicol: la signora Kowalski così bella non l'avrebbe toccata nemmeno con un fiore. Esclusero la possibilità di ottenere un mandato dal giudice per intercettare legalmente le informazioni di cui disponevano già: ci sarebbero voluti mesi, e comunque avrebbero ottenuto soltanto intercettazioni di telefonate e messaggi nuovi, non certo l'accesso pirata ai telefoni. Avrebbero dovuto richiedere il loro sequestro, ma anche quello sarebbe stato inutile, visto che gli indiziati sarebbero stati dovutamente avvertiti e avrebbero cancellato tutto prima di consegnarli; e comunque, provare una tresca era una cosa, dimostrare che la tresca fosse il movente di un omicidio un'altra. Il telefono di Andressa non offriva nessuna traccia scritta del piano per eliminare suo marito: gli amanti dovevano averne parlato a voce. Senza altre idee, Kaufmann suggerì di esplorare comunque il cellulare di Maicol, che ancora non aveva aperto, sperando di trovare tracce della premeditazione dell'omicidio di Anselmo Kowalski.

E invece, poco dopo, i dati rubati dal cellulare di Maicol scagionarono Andressa.

Da leggere c'era poco, probabilmente perché Maicol era quasi analfabeta e al massimo mandava messaggi secchi: «ok», «no», ogni tanto qualche numero. Il resto era tutto in formato audio, con comunicazioni fittissime.

Gli scambi audio con Andressa, che conoscevano già dall'esplorazione dei dati di lei, furono ascoltati nuovamente dai due poliziotti, con vivo interesse. La parte interessante però venne dopo, in una conversazione con un numero registrato a nome di "Alberto".

> Ho parlato con don Julio, dice che oramai ci siamo. È l'occasione giusta. Accompagnalo, e mentre fa quello che pensa di dover fare, tu fai quello che devi fare tu.

Kaufmann non poté fare a meno di notare l'espressione preoccupata dei due poliziotti. L'umore nella stanza era cambiato radicalmente, in pochi secondi. Chi era don Julio lo sapevano benissimo tutti e tre, e cosa significava quel nome per l'indagine era chiaro.

«Dobbiamo riferire in commissariato immediatamente, domani mattina» stabilì il viceispettore Aguiar. Florian aprì la risposta di Maicol e il messaggio successivo del suo interlocutore Alberto.

Va bene, ma lo lascio a bruciare o lo riporto indietro?

No, no, senza incendio. Fermalo prima. Poi lo lasci lì, così sembra che è stato il gringo.

«Signori, direi che a questo punto io sono scagionato» disse Kaufmann con un sorriso soddisfatto. «Ma naturalmente rimango a disposizione, fatemi sapere se posso esservi d'aiuto» aggiunse con cordialità e senza convinzione. In Brasile, affermare che si rimane a disposizione significa esattamente il contrario: problema tuo, io non ne voglio sapere niente. E in effetti, non c'era un buon motivo per volerne sapere di un'indagine che a quel punto doveva estendersi immediatamente ai Boliviani e al narcotraffico. Meglio starne fuori.

Ascoltarono un altro scambio di messaggi tra Maicol e Alberto.

Ma perché devo usare quel ferrovecchio del Polacchino, se diamo la colpa al gringo?

Non l'ho capito bene neanche io. Però se don Julio dice che si fa così, si fa così. Tu usa il fucile del Polacchino, e poi come deve andare l'indagine lo decide don Julio.

Aguiar e Mourão informarono l'ingegner Kaufmann che andava benissimo così, che non c'era bisogno di altro, e di rimanere comunque reperibile ad Araxá, ringraziandolo per l'ospitalità squisita e la franca collaborazione alle indagini, dopodiché dissero che sarebbero ripartiti immediatamente. Dieci minuti più tardi, sfidando la notte nella foresta, erano già sulla via di Porto Velho.

12

«Florian, sono le sei del mattino» rispose Duda con la voce assonnata.

«Ma è giovedì. Non hai pilates alle sette?»

«Infatti la sveglia è alle sei e mezza. Comunque ormai mi hai svegliato.»

Dall'altro lato del telefono, l'ingegnere sentì arrivare anche una specie di grugnito.

«Ecco, buongiorno anche da parte di Lukas. Che vuoi?»

«Ho trovato gli assassini del Polacco. Esecutore materiale e mandanti.»

«Bravo. Telefona a Marisa e consegnaglieli, vado a farmi un caffè così forse capisco cosa c'entro io di prima mattina, mannaggia a te.»

«Dalla Pontes a riferire sono già andati i suoi segugi. Sempre se ci arrivano tutti interi, visto che hanno deciso di attraversare la foresta di notte. Ti ho chiamato perché potrebbe essere un problema per noi.»

«In che senso?»

«A Kowalski ha sparato il suo braccio destro, Maicol. Con un fucile d'epoca del fratello, anche se non ho ancora capito perché. Il problema è che Maicol ha sparato per ordine dei Boliviani.»

«Ah.»

«E temo che ne venga fuori un'operazione antidroga che metterà tutta la regione in cattiva luce agli occhi dei nostri clienti all'estero.»

«Aspetta un minuto, fammi capire. I narcotrafficanti che finanziavano il tuo concorrente e dirimpettaio decidono di farlo ammazzare nel patio della tua segheria mentre cerca di dare fuoco, probabilmente per la seconda volta, ai tuoi macchinari.»

«Ho confermato che l'altra volta è stato lui, tra l'altro.»

«E la tua principale preoccupazione in questo momento è il marketing?»

«Detta così sembro un idiota.»

«Sei abbastanza idiota anche se non te lo dico io, Florian.»

«Che faccio?»

«Quello che avresti dovuto fare anni fa, prima di scommettere soldi e vita su un'idea balorda. Vattene. Fai una valigia con quel poco a cui tieni veramente, guida fino all'aeroporto di Porto Velho, poi vedi se è più rapido andare a Manaus e da lì via Miami a Zurigo, o passare da Brasilia o San Paolo per volare direttamente in Europa.»

«Non ti sembra un'esagerazione?»

«E allora stai là, cosa vuoi che ti dica. Io me ne andrei.»

«Tu te ne sei andata.»

«E ho fatto benissimo. Ma l'ho capito soltanto dopo. Lo si capisce soltanto dopo. È impossibile rendersi conto del veleno che respiri ogni giorno, finché non smetti di respirarlo. L'assurdità della vita quotidiana, in Brasile, riempie i sensi e la mente, grida a un volume talmente alto e distorto che dopo un po' ci si abitua. Senza poterla confrontare con la quiete e il silenzio, la distorsione non la noti neanche più.»

«Mica posso abbandonare tutto così. Sono l'amministratore di quest'impresa. Devo pagare i dipendenti. Le tasse. Le banche.»

«L'amministratore di quell'impresa è il tuo codice fiscale brasiliano. Lascialo lì a marcire. Non ti servirà mai più.»

«A marcire con dieci anni di vita e di sogni?»

«A marcire con dieci anni di errori, illusioni e tradimenti. E soprattutto, a marcire insieme al rischio di perderne altri dieci, di anni. Guarda che non sono infiniti.»

«Ma stavamo cominciando a fare affari anche buoni, tu e io.»

«Forse per te. Io dormo male già col fatto che le commissioni che mi paghi non sono legali. Il narcotraffico va troppo oltre la mia capacità di fingere indifferenza. Preferisco tornare ad attenermi alla mediocrità inutile delle carte timbrate, in consolato. E francamente dovresti fare lo stesso anche tu. La mediocrità non diverte. Però almeno non ammazza, Florian. Pensaci. Però pensaci in fretta.»

Il ronzio del piccolo generatore diesel che alimentava casa e ufficio, presenza costante nella quiete notturna, faceva da sottofondo alle riflessioni di Kaufmann, dopo la telefonata con Duda. Naturalmente non se ne parlava neanche, di andare via. Certamente non in quel momento magico di crescita e miglioramento di un business che gli era costato tanti sforzi e tutti i risparmi. L'ingegnere girava per il patio con una torcia in mano, senza fretta, dalla catasta dei tronchi di jatobá a quella del freijó, poi dal piazzale del cumaru a quello, più piccolo, in cui rimanevano solo cinque tronchi di ipê che l'indomani sarebbero diventati parquet per un importatore francese. Bellissimo legno, l'ipê. Bellissimo anche l'albero, soprattutto in fiore, uno dei suoi riferimenti iconografici preferiti per rappresentare ai clienti l'importanza della gestione forestale sostenibile.

Forse perché troppo vicino al generatore, o forse perché troppo assorto nella contemplazione dell'ipê, sentì il rumore della motocicletta soltanto quando era già molto vicino. Troppo vicino: quasi al cancello. Allungò il passo per tornare verso l'ufficio. Arrivato davanti alla porta, puntò la torcia elettrica verso il cancello del patio e la vide. Ferma. Dall'altro lato della strada, a due metri dal cancello della segheria del Polacco. La stessa moto e lo stesso casco verde e rosa della sera in cui era morto il povero Arturo. Kaufmann aprì la porta dell'ufficio, entrò e la richiuse dietro di sé col chiavistello. E gridò, terrorizzato, quando il dottor Fabiano lo salutò da una delle due sedie davanti alla sua scrivania: «Buonasera, Florian.»

«Non c'è bisogno del chiavistello. Finché siamo qui, alla nostra sicurezza pensa Alberto, resterà dietro la porta. Non entrerà nessuno.»

Non c'era bisogno di una riunione alle due del mattino, all'insaputa dell'interessato, per considerare il commercialista un po' fuori di testa. Ma insomma, perfino lui avrebbe dovuto sapere che quello era un po' troppo. E invece se ne stava lì come se niente fosse, come se sorprendere un cliente in piena notte fosse parte integrante della sua professione. Era accompagnato da un uomo sulla sessantina, con un vestito di lino chiaro su una camicia bianca e mocassini, un approccio all'abbigliamento per lo meno eccentrico rispetto al contesto della foresta. Stava seduto sulla poltrona a fiori e sembrava interessato alla copia di *Surveiller et punir* che aveva trovato sul tavolino. Posò il libro e si rivolse a Florian in un portoghese impeccabile, seppure con un accento marcato che gli faceva da biglietto da visita.

«Buonasera, ingegnere. Se non le dispiace, tolga la mano da quella pistola. Non è elegante, da parte sua. E non è necessario. Oltre che del tutto inutile, peraltro» disse l'uomo, guardandolo con un sorriso anche amabile, ma innegabilmente determinato. Le circostanze, e ancor più il tono e la postura, non lasciavano molti dubbi sull'appartenenza e sulla provenienza del visitatore.

Kaufmann tolse la mano dalla pistola, che rimase nella

tasca della giacca. Si rivolse al suo commercialista: «Ma ti pare modo?»

«Preferivi un invito per il tè? Un modo vale l'altro, Florian. L'importante è fare buoni affari. Anche alle due di notte. Perché non ti siedi?»

«Perché non sono abituato a ricevere visite di lavoro alle due di notte, peraltro senza averle richieste. E poi perché comunque anche in una circostanza del genere non posso rinunciare alle buone maniere. Qualcosa da bere?»

Il boliviano fece segno di no con la testa. Fabiano fece finta di pensarci su. «No, meglio di no, domani mattina ho il turno presto, come al solito.»

«E allora cercherò di non farvi perdere troppo tempo. Cosa volete da me?» rispose Florian, e si sedette dietro la scrivania. Posizione del tutto sbagliata per un eventuale tentativo di fuga, pensò. Ma d'altra parte, una fuga non sarebbe durata a lungo, con un sicario dietro la porta.

«Immagino che si chiederà perché io le abbia fatto il favore di salvare la sua segheria dal piano scellerato del suo dirimpettaio» cominciò il boliviano.

Florian rimaneva aggrappato a un sarcasmo di superficie per darsi un contegno e nascondere la paura: «La curiosità mi divora, ma cercherò di domarla. Mi sembra più importante capire cosa vogliate in cambio» disse sbrigativamente.

«Non la metterei su un piano così transazionale, ingegnere. Mi conceda un po' di pazienza, nonostante l'ora tarda. Vede, ingegner Kaufmann, questa può essere l'unica volta in cui ci incontriamo, e in questo caso qualche minuto in più farà ben poca differenza; oppure può essere la prima di molte, e allora la qualità di questi minuti di differenza possono farne anche tanta.»

Florian rispose con un'espressione che voleva significare: sì, certo che gliela concedo la pazienza, soprattutto perché altrimenti Alberto qui fuori si innervosisce, quindi faccia pure.

Al boliviano bastò per proseguire.

«Il suo dirimpettaio Anselmo Kowalski è stato per anni un partner affidabile e puntuale, seppure forse troppo irruento ed emotivo. Quando sparò alla gamba del suo ex socio Heitor, per esempio, portò alla circostanza, all'epoca per noi sgradita, del suo arrivo qui ad Araxá. Ci abbiamo messo quasi tre anni per ricreare un equilibrio credibile, anche grazie agli sforzi del suo eccellente commercialista.»

Fabiano sorrise compiaciuto durante una piccola pausa lasciata ad arte dal boliviano, che poco dopo riprese.

«Ma poi qualche mese fa Kowalski ha compiuto nuovamente un grave errore, ingegnere: ha cercato di eliminare lei e la sua impresa. Nonostante gli avessimo sempre ripetuto che un concorrente, piccolo e claudicante, è fondamentale per mantenere le apparenze ed evitare che altri si interessino alla regione.»

Fabiano approfittò di un'altra pausa, e dell'assenza di risposta da parte di Florian, per aggiungere il suo contributo: «Il problema, Florian, è che gli stavi personalmente antipatico. Troppo. All'epoca di Heitor, la cosa funzionava: Kowalski faceva Kowalski, Heitor faceva Heitor, e l'equilibrio si manteneva, sparo più, sparo meno.»

«Si manteneva a debito, però, e tutto a debito sul mio codice fiscale, approfittando della mia ingenuità» obiettò finalmente Florian, che non poteva sopportare una menzione dell'ex socio in chiave tutto sommato positiva senza che gli venisse lasciata la possibilità di precisare il suo disaccordo.

«Quello è un discorso diverso. Pure lì, io di soluzioni gliene avevo trovate un paio, ma Heitor insisteva che aveva scovato il gringo ideale per abboccare, e in effetti tu hai abboccato eccome» rispose il commercialista.

Florian respirò a fondo, per non dover continuare la conversazione in quella direzione. A quanto pareva, uno dei pochi professionisti di cui si era fidato ad Araxá era parte di uno schema studiato con perizia per ingannarlo. Disegnato per incastrarlo in un ruolo da cui non sarebbe mai potuto venir fuori, nonostante i suoi sforzi, i sacrifici e l'abilità strategica che riteneva di possedere. Il boliviano riprese a raccontare, didascalico.

«L'incendio al suo capannone, ingegner Kaufmann, fu una scelta che Kowalski non aveva condiviso con noi, e che non avrebbe mai dovuto mettere in atto. Perché il risultato è che lei oggi ha un'attrezzatura migliore, una rete di contatti migliore, e dovrebbe naturalmente fatturare molto di più del suo dirimpettaio e concorrente. E questo ci preoccupa. Siamo costretti a riconoscere che è senz'altro più produttivo e benefico per tutti se spostiamo il nostro interesse e appoggio a questo lato della strada. Purtroppo Anselmo non ha voluto capire, quando glielo abbiamo comunicato, e ha provato a bruciare nuovamente il suo capannone per risolvere la situazione a modo suo.»

«Capisco il Polacco e capisco anche il vostro punto di vista. Non capisco però cosa volete fare adesso. Volete rilevare questa segheria?»

«Oh, no, ci mancherebbe altro, ingegnere. Ognuno deve fare il mestiere per cui è più portato. Noi facciamo benissimo il nostro. Vorremmo che lei continuasse a fare il suo, e vorremmo che lo facesse sostituendo Kowalski come nostro partner di fiducia. Dall'altro lato della strada, un'impresa concorrente più piccola potrà essere agevolmente gestita dal fratello e dalla vedova di Anselmo.»

«Partner di fiducia per le operazioni di trasporto verso San Paolo?»

«Naturalmente.»

«Non le conosco e non saprei da dove cominciare. Non mi sembra prudente da parte vostra.»

«Oh, ma Ramiro le conosce benissimo. Le ha gestite per anni da Kowalski. E comunque uno sguardo fresco come il suo potrebbe anche portare a dei miglioramenti notevoli.»

Ah però. Una consulenza organizzativa per lo stoccaggio e il trasporto di droga. Come sfida professionale, aveva per lo meno il merito di essere del tutto inedita.

«E se non lo volessi fare?»

L'uomo si alzò dalla poltrona. Mise una mano in tasca, prese una chiave e la utilizzò per aprire il lucchetto della cassapanca. Poi porse la chiave a Florian: «Può rimetterla nel primo cassetto della sua scrivania, ingegnere. Ho avuto il piacere di incontrare il viceispettore Aguiar, prima di venire a trovarla. Un poliziotto volenteroso, seppure un po' distratto. Per esempio, ha dimenticato di riprendere l'arma del delitto per portarla in commissariato, dovrò chiedere ad Alberto di consegnargliela. Però non vorrei che scrivesse nel suo rapporto che il Mauser che ha ucciso Anselmo Kowalski è stato ritrovato qui nella sua cassapanca. La mia amica Marisa si ritroverebbe obbligata a trarne ovvie conseguenze.»

Una consulenza nel narcotraffico, mano nella mano con un'organizzazione di assassini, oppure una condanna per omicidio, se tutto andava bene. C'era anche il rischio di prendere una pallottola com'era successo a Kowalski, se andava male. Bella situazione.

«Ci posso pensare su?»

«Ci deve pensare su, assolutamente. Vedrà che arriverà alla stessa conclusione cui siamo arrivati noi: che da questa circostanza inaspettata e per certi versi indesiderata può venire fuori una straordinaria opportunità per tutti. Ci pensi, faccia anche un modello finanziario d'investimento e di ritorni. Ci consideri degli investitori.»

«Degli investitori che però vengono da un settore in cui non so se voglio invischiarmi.»

«Vedo che Foucault non l'ha finito, ingegnere, e immagino che ancora non abbia affrontato Deleuze. Le faccio un sunto io. Noi siamo un dispositivo. Come è un dispositivo anche lo Stato, per quel poco che si vede in queste regioni. E in una rete di dispositivi il potere circola, in un reticolo organico in perenne evoluzione. Controlliamo. Dirigiamo. Conteniamo. E se non lo facessimo noi, lo farebbe un altro dispositivo. Se vuole, può anche pensare che lo facciamo grazie all'assenza, o all'anemia, del dispositivo Stato. Che poi la nostra struttura di potere contempli anche il trasporto e la distribuzione di una sostanza che altri dispositivi proibiscono, è puramente aneddotico. Lo Stato, in Brasile, proibisce anche l'aborto. A Singapore perfino le gomme da masticare. Noi proibiamo la disobbedienza e il tradimento, e per riprendere ancora una volta Deleuze, lo facciamo ormai molto più frequentemente nei modi di una società di controllo che nei modi di una società disciplinare. Tranne quando serve, naturalmente, come è successo purtroppo nel caso del suo dirimpettaio. Lei pensa che la cocaina sia un settore economico così diverso da tutti gli altri?»

«C'è una bella differenza, in termini di violenza.»

«Lei però le tasse le paga. Con quelle tasse, paga la polizia, che fa seimila morti l'anno. Se vuole può mettere nel conto altri millecinquecento femminicidi che si potrebbero evitare, se solo lo Stato facesse il suo mestiere e se ne occupasse. Con gli accordi che abbiamo stretto con le organizzazioni che a Rio de Janeiro e San Paolo distribuiscono i nostri prodotti, gli omicidi legati al traffico di droga si sono dimezzati, da ventimila a diecimila l'anno. Allora: chi è che fa la differenza, in termini di violenza, le sue tasse o la mia cocaina?»

Florian non rispose.

«Mi rendo conto che non è l'orario ideale per una discussione filosofica, ingegnere. E che le mancano delle letture, soprattutto. Magari le pare anche improbabile che un narcotrafficante abbia letto più di lei. Chissà come mi immaginava. Grosso e peloso? Con la bava alla bocca? Invece a me piacciono i filosofi del Novecento. Ho due figli che studiano a Boston, una collezione d'arte contemporanea in casa a Miami, e suono anche il sax tenore. Vede, ingegnere, se fossimo tutti dei mostri pelosi e bavosi, sarebbe facile riconoscerci. Invece siamo persone normali. Abbiamo amici e hobby. Prendiamo le ferie, ogni tanto ci annoiamo perfino, in ufficio, sì, certo che ho un ufficio. Facciamo parte della normalità del mondo, una volta squarciato il velo dell'ipocrisia del considerarci semplicemente dei fuorilegge. La difficoltà, per lei, sta appunto nell'accettare la nostra inevitabile normalità. Ma facciamo così: noi adesso andiamo via. E lei ha una settimana. Faccia le sue riflessioni, faccia soprattutto i suoi conti, e vada a trovare il dottor Fabiano quando avrà capito. E per quanto mi rincresca la necessaria caduta di stile di un'affermazione del genere, le devo anche suggerire di non fare scherzi, e di non scappare. Verrei a riprenderla personalmente a Engelberg in albergo da sua madre. Ho una gran voglia di tornare a viaggiare in Europa e c'è un bellissimo festival di musica classica a Lucerna dove non vado da anni.»

«Non ci vuole una settimana per fare i conti. E neanche per decidere. Per me va bene» rispose Kaufmann, d'istinto.

Il boliviano sorrise soddisfatto.

Florian allungò una mano: «Don Julio, vero?»

«Ingegnere, cerchi di imparare in fretta che nel nostro ramo d'affari le ovvietà è meglio lasciarle nel regno del non detto.»

«Mi tolga una curiosità. Cosa vi aveva fatto il mio meccanico?»

«Chi?»

«Arturo. Il suo...» Una pausa, per cercare la parola adatta. «Il suo assistente, qui fuori, poco meno di un anno fa è venuto, gli ha sparato ed è andato via. Che aveva fatto?»

«Non saprei dirglielo. Se proprio ci tiene, chieda pure

ad Alberto. Però ci pensi su: se non importa a me, perché dovrebbe importare a lei?»

Le ovvietà nel regno del non detto, e il mistero dell'omicidio del meccanico Arturo permanentemente ricacciato nel vastissimo dominio dell'irrisolto. Come quello di Marta, d'altra parte. I casi di omicidio si risolvono nei gialli e nelle serie televisive, pensò Kaufmann, mica nella realtà brasiliana. Non c'è foglio di calcolo che tenga, qui.

13

I primi giorni dopo la visita di don Julio passarono per Kaufmann in una specie di ordinarietà ovattata e irreale. I poliziotti da Porto Velho non erano tornati, i suoi dipendenti lavoravano, mangiavano e bevevano come se non fosse successo niente, Marcelinho oliava le macchine, i tronchi del patio diventavano tavoloni, il parquet di ipê del cliente francese era pronto per la spedizione. Come se non fosse cambiato niente, come se non avesse preso una decisione così importante e radicale. Decisione che però, pensava Kaufmann, avrebbe avuto bisogno di qualche riflessione in più. Ma le liste di vantaggi e svantaggi, le proiezioni, le immagini dei futuri possibili erano tutte tecniche che gli procuravano un'antica, insopprimibile antipatia. Accettare su due piedi, certo, era l'estremo opposto, e l'ingegnere temeva di essersi sbagliato. Quindi cercava di rassicurarsi con la sua solita ardita costruzione intellettuale sulla razionalità delle scelte irrazionali: un cumulo di stronzate raffinato da numerose ripetizioni nei bar di San Paolo, alle riunioni informali dei gruppi degli stranieri imprenditori. Kaufmann sosteneva che l'elaborazione dei dati era molto più potente e affidabile nelle strutture più primitive del suo cervello, rispetto a quello che avrebbero potuto produrre schemi e concetti consulenziali processati dalla corteccia frontale. Perché le elaborazioni che consideriamo irrazionali, o prerazionali, o istintive, sono comunque elaborazioni, eseguite in un linguaggio macchina che (per il momento?) non conosciamo e quindi non dominiamo; mentre le riflessioni ordinate e cartesiane, quelle che comunemente godono del sigillo di qualità della razionalità, altro non sono che un linguaggio più astratto, una specie di Java per cervelli umani, che comunque viene poi compilato e processato a più basso livello: meglio, allora, fidarsi direttamente del software ottimizzato dei livelli prerazionali, più rapidi e intuitivi per definizione.

Che tutto ciò fosse un ibrido infame tra pseudoscienza e scuse da quattro soldi, Kaufmann lo sapeva benissimo. Ma gli sembrava comunque una bella storia da raccontare, un argomento affascinante per conversazioni spaccone, un'ancora di stabilità per capire e accettare i suoi processi di decisione, qualunque fosse il risultato. Era il suo modo per razionalizzare a posteriori qualsiasi scelta impulsiva.

Compresa, quindi, quella di collaborare coi Boliviani, che avrebbe trasformato le dinamiche della sua impresa e della sua vita. Ora si trattava solo di accettare la scelta fatta, di postrazionalizzare, di digerire. E di mettere in pratica con l'efficienza operativa di qualsiasi altro lavoro.

L'ingegnere non vedeva nessuna possibilità di uscirne con decenza, naturalmente, né a breve né a lungo termine. Non si trattava più di un'illegalità marginale, incrementale, di una piccola concessione alla disinvoltura locale per tenere in piedi l'illusione di un modo di fare impresa "giusto". Era una scelta radicale, che cambiava tutti i vincoli e le forze in gioco. Senza una vera alternativa, però, perché agli equilibri precedenti aveva dato fuoco il Polacco prima, e aveva sparato Maicol poi.

Da un certo punto di vista un po' paradossale, ma essenzialmente corretto, l'accordo coi Boliviani era tutto quello che Florian aveva sempre desiderato e cercato, come imprenditore. Certo, erano feroci criminali. Però erano anche investitori ricchi, oltre che inopinatamente colti e sofisticati, pieni di soldi al punto da non discutere i dettagli di un investimento utile per la crescita dell'azienda: sulla fiducia, in pochi minuti, gli avevano concesso capitali aggiuntivi per macchinari e marketing parecchio oltre le sue più aggressive proiezioni, nonostante sapessero benissimo che la struttura pagata dall'assicurazione dopo l'incendio di Kowalski era già di per sé molto più avanzata di quella del Polacco. Erano anche, naturalmente, la garanzia di un flusso di cassa generoso e affidabile, grazie ai proventi del traffico interno tra il Mato Grosso e San Paolo, che avrebbe gestito lui con i trucchi già collaudati dal Polacco, magari migliorandoli con un po' di perizia svizzera. Soprattutto, i nuovi investitori erano un elemento di accettazione e assimilazione nel tessuto sociale e imprenditoriale della regione, e di tutto il paese. Finite le assurdità burocratiche e le prevaricazioni dei piccoli poteri di un sottocommissario o di un viceispettore. Finita la fatica quotidiana di mille controlli, lacci, impedimenti e norme creati per dissuadere gente come lui dal fare impresa, lasciando campo libero a mediocri ma disinvolti faccendieri come i fratelli Kowalski. Come parte dell'ecosistema del narcotraffico, l'impresa diventava automaticamente socia del dispositivo di potere che controllava i punti nevralgici dell'amministrazione e della politica locale.

In cambio della rinuncia alla sua coscienza, o di quel poco che ne era rimasto, la contropartita sarebbe stata la normalità. La normalità, la serenità di poter fare impresa come si fa impresa nei manuali e nelle formazioni americane: il prodotto, il cliente, l'approccio go-to-market, l'attenzione alle operazioni e alla logistica, la gestione finanziaria, le strategie di crescita, l'espansione. Tutte cose che aveva diligentemente studiato e ardentemente desiderato per il futuro della sua impresa: un futuro, però, che rimaneva tale, con pertinacia, nonostante i suoi migliori sforzi per lasciarsi alle spalle un presente di inezie e meschinità, che consumavano energie e risorse finanziarie. Un futuro calciato ogni giorno più in là da un'infinità di piccoli truffatori: c'era sempre qualcuno che gli rubava un pezzetto di presente, e quindi di futuro. Presi singolarmente, non valevano neanche molto. L'ex dipendente che davanti al giudice del lavoro aveva inventato di tutto, per strappare a Florian pochi soldi di liquidazione in più, e che era riuscito a utilizzare i pagamenti effettuati, tutti giusti e dovuti, come prova del fatto che ne avrebbe dovuti ricevere in più: paradossale potenza di un sistema giudiziario in cui è più facile condannare uno che i contributi li paga, rispetto al concorrente che tiene tutti in nero. Cosa gli aveva sottratto, quello stronzo? Poche migliaia di reais. Il giudice gli aveva perfino concesso il rimborso del tempo lavorato durante le pause per l'allattamento. «Ma è un uomo» aveva obiettato Kaufmann. Ma la sua collega donna le aveva avute, le pause per allattare, aveva spiegato l'avvocato, e la costituzione del 1986 stabilisce la parità di diritti tra uomo e donna. La collega in questione, chiamata a testimoniare dall'avvocato di Kaufmann, un figlio da allattare neanche ce l'aveva; però era riuscita a produrre una perizia sindacale che comprovava l'inclusione del tempo di allattamento nelle pause del suo orario. Quindi, se toccava a lei, toccava anche a lui. Più che i soldi, in quel processo, a Kaufmann dispiaceva di aver perso l'illusione di potersi fidare, in qualche modo, della giustizia brasiliana.

Poi c'era stata quella cliente che con altrettante fantasiose menzogne si era pagata i lavori di una villa multimilionaria, trascinando in tribunale tutti i fornitori, grandi e piccoli, uno alla volta, ottenendone rimborsi e generosissimi danni. Ma non si va in galera, mentendo al giudice? Non quando il giudice, guarda caso, è un amico di vecchia data. Nel bilancio imprenditoriale di Kaufmann, i soldi rubatigli da quella cliente e dal suo amico giudice non facevano molta differenza, ma nel suo bilancio esistenziale avevano scavato un solco. Aveva fatto tutto come si deve: l'avvocato bravo, i testimoni pronti, le carte in ordine. Il giudice gli aveva perfino concesso l'illusione di un'interlocuzione basata sui fatti, salvo poi emettere una sentenza già scritta prima ancora di cominciare il processo.

E c'era Heitor, naturalmente, che di soldi gliene aveva rubati tanti. C'erano anche gli ex amici del mercato finanziario, che avevano approfittato di lui. Entusiasmo superficiale, all'inizio: bravo, grande, che coraggio, ci vuole uno come te per fare le cose per bene in quel troiaio d'industria! Ciascuno aveva contribuito – come se fossero frammenti preziosi di conoscenza, rari segreti industriali che avrebbero garantito il successo strategico dell'impresa – con aneddoti assortiti e orrendi sui falegnami rapaci, sugli architetti incompetenti, sugli installatori fuori di testa. Poi erano anche arrivati i primi ordini: però al costo, eh, ché io vengo con l'architetto famoso, e tu crei visibilità, poi da cosa nasce cosa. E va bene, seicento metri quadrati di parquet pregiato senza un centesimo di margine, contiamolo come investimento marketing. Tutti questi architetti famosi, però, si erano ben guardati dal fare altri ordini, perché preferivano lavorare con i concorrenti che ripassavano un bel trenta per cento di commissione sottobanco.

Un giorno, per esempio, era entrato nello showroom di San Paolo uno dei direttori della banca dove aveva lavorato Kaufmann, uno da diversi milioni di bonus l'anno, in dollari naturalmente e alle Bahamas, ci mancherebbe altro. Florian ci aveva messo un momento a riconoscerlo, in bermuda e mocassini da velista e senza cravatta, con una moglie di almeno vent'anni più giovane e due bambini al seguito. Kaufmann aveva fatto cenno alla commessa-stagista-designer perché tenesse d'occhio i bambini, e la poveretta aveva fatto il possibile; ma quelli comunque erano riusciti a devastare campionari e oggettistica decorativa come se fossero giocattoli vecchi. Nel frattempo aveva offerto da bere all'ex capo, che anche in banca andava a whisky già dalle dieci del mattino – ne aveva una ricca collezione in un armadietto dell'ufficio, tra i faldoni dei progetti archiviati. Mentre lui beveva, la moglie parlava ininterrottamente. Aveva una passione convinta e determinata per i legni chiari, chiarissimi, bianchi anzi, come da rivista di arredamento scandinava che si portava appresso. Kaufmann aveva provato a spiegare che i legnami pregiati dell'Amazzonia sono tutti strutturalmente scuri, e che più sono scuri, più sono mineralizzati, duri e resistenti, quindi adatti a fare da pavimento. «Ah, ma in questa foto...» aveva mostrato lei con saccenza, sfogliando la rivista svedese.

«In questa foto, se non sbaglio, si tratta di acero sbiancato. Foreste boreali, non tropicali, e con uno strato per tingerlo di bianco.»

«Ah, che orrore! No, no. Agli svedesi il legno piace naturale, non trattato. E anche a me» aveva risposto lei.

«Un minimo bisogna trattarlo, altrimenti si macchia e si gonfia.»

«No no no no no, crudo crudissimo, guardi, come questo suo campione alla parete, ecco, crudo così. Però bianco, non marrone.»

Con delicatezza, Kaufmann spiegò che quel campione aveva dieci strati di isolante, dieci. Opaco e trasparente, ma l'isolante ci voleva.

«Be', guardi, se proprio non lo sa fare senza questo suo isolante ce lo metta. Però su un legno bianco.»

«Non in questo paese, signora.»

«Lo importiamo!»

«Va bene. Costa dieci volte di più, ma le posso fare arrivare l'acero canadese. Però comunque lo sbiancante ce lo dobbiamo passare, altrimenti è giallo, non bianco.»

«Dio mio, giallo! Mai! Metta pure lo sbiancante. Può

metterlo su questo legno qui che ha dei bei disegni?», e afferrò un campione di cumaru, scuro e denso.

«Ci possiamo provare» capitolò Kaufmann, un po' per liberarsi di lei, un po' perché si portasse via i due uragani che si stavano soffiando il naso nei campionari di lino da tappezzeria.

«Perfetto! Lo sbianca, poi fa il suo trasparente che le piace tanto, e alla fine viene bello naturale, crudo, come nella foto.» Kaufmann non le rispose, soprattutto per non entrare nel merito dell'aggettivo "crudo", che non aveva senso, e le promise dei campioni su misura.

E ne aveva dovuti fare oltre quaranta, in un processo di approssimazioni successive che era durato quasi due mesi. Alla fine, il parquet "naturalmente bianco" scelto dalla signora (e dall'amica interior designer, coinvolta in tutte le riunioni successive e che si esprimeva quasi esclusivamente con grugniti di disapprovazione) aveva un tono rosa chiaro che ricordava più lo yogurt alla fragola che i legni scandinavi. Per l'installazione, aveva preteso una squadra dedicata, perché non ammetteva di dover condividere il calendario con altri clienti: dovevano rimanere a disposizione per entrare in ciascuna stanza nei momenti in cui andasse bene per la sua routine, senza preavviso, e interrompendosi su richiesta quando la signora faceva gli esercizi di Vinyasa Flow. L'ex capo di Kaufmann aveva commentato questa richiesta soltanto con uno sguardo, come per dire: guarda, Florian, mi conosci, e sai quanti soldi ho, tu fai come ti dice lei e poi mi presenti il conto, non ti preoccupare. Florian non si era preoccupato.

Arrivati al conto, però, erano cominciati i problemi. Alla luce del tramonto, per esempio, il tono yogurt-alla-fragola nel salotto sembrava virare decisamente verso un più aggressivo gomma-da-masticare-all'uva, incompatibile sia col trumeau d'antiquariato che con le tende verdi scelte dall'amica designer: un orrore, una disgrazia. Poi c'era da ridire sugli allineamenti: nello studio, spazio la cui armonia era di somma importanza per la pratica meditativa, le assi del parquet risultavano parallele a una parete, ma non a quella di fronte. Che fosse un problema evidentemente dovuto alle pareti in sé, che non erano parallele, poco importava alla signora, e ancora meno alla designer, cui Kaufmann tentò perfino – invano, naturalmente – di spiegare il teorema di Talete. Erano entrati in un contenzioso infinito, e non avevano pagato. Un anno più tardi lui si era anche scusato, in qualche modo, quando aveva incontrato Kaufmann a cena da amici comuni: sai, quella stronza, ci stiamo separando, comunque non ti preoccupare, anche se la casa rimane a lei, ti pago io. No, non ora, c'è il giudice di mezzo, i beni, gli avvocati, appena risolviamo ti faccio sapere, ci mancherebbe altro. Florian aveva abbozzato e ci aveva perfino sperato: forse stavolta mi paga. Terminata la causa di divorzio, sostituita la giovane ex moglie con una ancor più giovane nuova amante, aveva lasciato la banca con una liquidazione talmente imbarazzante da finire sui giornali, ed era partito per un giro del mondo in barca a vela, per poi stabilirsi in Costa Azzurra. In un momento di rabbia, Kaufmann aveva disposto che le giacenze di parquet allo yogurt fossero utilizzate per rifare il pavimento del suo ufficio al piano rialzato dello showroom, tra il promemoria e l'autolesionismo.

Ma già prima che l'ufficio assumesse quel tono fragola, di ex colleghi del mercato finanziario che non pagavano ce n'erano stati tanti altri, e con le scuse più imbarazzanti: l'architetto ha sospeso il progetto perché è entrato a *Big Brother Brasil*, ho i fondi d'investimento bloccati in Cina per dieci anni, prima devo vendere una villa, ho una situazione da risolvere coi derivati, e quant'altro. I brasiliani ricchi non pagano: in un infame retaggio coloniale, gli aveva spiegato una volta Diana, si aspettano che chi lavora lo faccia gratis, come prima dell'abolizione della schiavitù; e quando finalmente pagano, con anni di ritardo e sconti non dovuti, lo fanno come se fosse un atto di munificenza, aspettandosi quantomeno la gratitudine del fornitore.

Come in un calcolo integrale, ciascun pezzettino di perdita, finanziaria e umana, preso singolarmente è trascurabile; ma la somma di infiniti pezzettini è un'area quantificabile, rilevante. Insopportabile.

La proposta di don Julio rappresentava per questo un modo, forse l'unico, per prendersi una rivincita. Una concessione a un'attività illegale, per proteggersi da illegalità ostili e portare avanti un'idea in cui credeva ancora ostinatamente: quella di fare dei legnami pregiati amazzonici un'industria su scala mondiale, con un impatto positivo anziché negativo sull'ambiente. A essere onesto con se stesso, Kaufmann avrebbe dovuto ammettere che un eventuale successo della sua impresa, una volta ancorata solidamente nella loro orbita, sarebbe stata l'ultima e la più inconfutabile prova dell'errore di fondo alla base della sua convinzione che si potesse fare impresa con dignità. Avrebbe dimostrato che la corruzione, l'inefficienza, la sporcizia essenziale degli imprenditori brasiliani non era un attributo, una scelta, un mero accidente: era una condizione necessaria e ineliminabile dell'attività imprenditoriale in sé e per sé. Ma ormai Kaufmann era diventato bravissimo a mentire e mentirsi, quasi come i suoi colleghi nati e cresciuti in Brasile. Le voci del dubbio andavano messe a tacere, più o meno provvisoriamente, e per questo serviva una validazione esterna del suo nuovo progetto di vita e d'impresa. Una validazione che solo una persona poteva dargli.

«Ramiro, entro la fine della settimana le sei pedane di cumaru della dottoressa Keller devono essere segate, classificate e ordinate per bene.»

«Sì, Doutor. Lo so. Ma è ancora lunedì sera.»

Quanto Brasile in una semplice risposta, pensò Kaufmann.

«E infatti il tempo ce l'hai, ma non lo perdere. Se serve, telefonami al cellulare. Sabato mattina al massimo dovrei essere di nuovo qui, e voglio trovare il cumaru già nell'essiccatoio.»

«Tutto questo tempo in città, Doutor? Non è che le fa male?»

«Probabilmente sì, Ramiro. Ma ci sono un paio di cose che posso risolvere solo così.»

«Vuole fare la strada di notte?»

«Preferirei di no, ma almeno così domani mattina comincio presto.»

Che la città in questione fosse San Paolo, e non Porto Velho, a Ramiro neanche lo specificò. Ci sarebbe stato troppo da spiegare.

«E con l'indagine del Polacco che facciamo?»

«Ormai è abbastanza chiaro cos'è successo, ed è abbastanza chiaro cosa scriveranno Aguiar e Mourão in un rapporto che finirà in fondo a un cassetto, giustamente dimenticato. Pace all'anima del Polacco, e soprattutto pace nelle nostre vite. Ah, ricorda a Marcelinho che mercoledì deve ricalibrare la pialla a sette assi.»

Kaufmann passò le ore del viaggio – macchina, aeroporto, attesa, due voli affollati e scomodi come autobus all'ora di punta – ritornando ciclicamente sulle ragioni della sua scelta, e su quelle che avrebbero potuto motivare la scelta opposta. Quando entrò nella pasticceria di Diana, era confuso quanto ad Araxá. Ma almeno non sarebbe stato solo.

«Signora Diana, c'è un gringo qui al bancone che vuole parlare per forza con lei» chiamò la ragazza, sporgendo la testa verso la porta del laboratorio, ma mantenendo lo sguardo fisso su Florian, che doveva sembrarle per lo meno sospetto, con l'aria trasandata di chi aveva dormito forse un'ora, su una sedia nell'aeroporto a Brasilia, tra un volo e l'altro. Era nuova, evidentemente, come tante altre prima di lei. Lavorare con Diana non era facile: in cambio di un ambiente di lavoro onesto e rispettoso, pretendeva impegno e serietà. A parole, andava bene a tutti. Sorrisi ispirati al momento dell'intervista, ah che meraviglia, ho sempre sognato un rapporto di lavoro così, sono i valori che mi ha insegnato mia nonna buonanima eccetera. Alla prova dei fatti, però, decine di apprendisti erano scivolati via, in cerca di un più comune "tu-mi-paghi-male-e-io-non-faccio-un-cazzo". Duravano tutti meno di un anno. Alcuni anche meno di una settimana. Quando l'aveva conosciuta Florian, Diana cambiava lavoro ogni due o tre mesi, giusto il tempo di innervosirsi per la stupidità dell'ennesimo capo ottuso. Da quando si era messa in proprio il capo intransigente era lei, e i dipendenti che non scappavano via li licenziava lei.

Diana uscì dal laboratorio asciugandosi le mani su uno strofinaccio, l'aria sbrigativa e lievemente infastidita di quando era costretta a lasciare una ricetta a metà. Cambiò espressione quando si accorse che il gringo era quel gringo. Non in meglio, però. Più fastidio di prima, meno fretta. Si rivolse alla sua assistente: «Vai tu di là. Tra due minuti scatta il timer. Apri il forno, gira i vassoi e rimettili dentro per altri quattro minuti. Poi, se non ho ancora finito, tiri fuori i vassoi e li metti a raffreddare.»

Florian tentò un sorriso nervoso: «Be', forse più di sei minuti di cose da dirci ne abbiamo...»

Diana continuò rivolta alla sua assistente: «Bene, allora quando sforni i biscotti ce ne porti un paio, con una tazza di cioccolata e un caffè.»

L'assistente di Diana capì e andò in laboratorio a sorvegliare i biscotti. Diana passò dal lato opposto del bancone e si sedette a uno dei quattro tavoli del suo minuscolo caffè, su una poltroncina verde mela, indicando l'altra al suo gringo.

«Ti si è rotto di nuovo il telefono satellitare?»

All'inizio Florian cercò di rispondere più o meno a tono, come aveva sempre fatto con lei quando voleva evitare una conversazione seria. Poi però si ricordò che a prendere quegli aerei era stato lui, che la conversazione l'aveva cercata lui, che quello che aveva disperatamente bisogno dell'onestà brutale e senza filtri di Diana era lui.

«Mi sono infilato in un casino tremendo, Diana.»

«Lo so. Altrimenti non saresti qui. Ci hai messo quasi due minuti ad ammetterlo» rispose Diana guardando l'orologio. Poi gridò verso il laboratorio: «Ana Claudia! Gira i vassoi!», e rimase con la testa inclinata all'indietro finché non sentì, da dietro la porta, il timer dei due minuti e la voce di Ana Claudia che la rassicurava: «Sì signora, li sto girando proprio adesso.»

«Ci vuole di meno a cuocere i biscotti d'avena che a farti arrivare al sodo. Cos'hai fatto, gringo?»

«Ho detto ai Boliviani che posso sostituire Kowalski.»

Un silenzio. Di penitenza, per Florian. Di riflessione, per Diana.

«E perché?»

«Perché me li sono ritrovati in ufficio di notte, in combutta col commercialista e con un sicario fuori dalla porta, col colpo in canna.»

«Vedi che stai imparando? Bravo. Ottima scelta, infatti sei ancora vivo.»

«E ora?»

«E ora devi decidere cosa vuoi fare veramente. Una parte anche robusta di te sarebbe disposta a fare un patto con Belzebù in persona, per il successo dell'azienda. Ma ti rimane anche un pezzettino che si sente ancora superiore, nobile e troppo distante da una banda di assassini. A quale parte vuoi dare retta?»

«Non lo so. Speravo lo sapessi tu.»

«Non posso decidere per te.»

«Io voglio solo dimostrare di avere ragione. Perché ho ragione. Quell'impresa può funzionare e voglio che si sappia. E quindi per un po' devo convivere con dei compagni di strada che non mi piacciono.»

«E da me cosa vuoi? L'assoluzione? Non sono un prete.»

«Però mi aiuti a pensare.»

«Ai morti di cui sarai responsabile?»

«No, a...», ma a quel punto Florian non sapeva come continuare.

Diana riempì l'esitazione con una domanda. «Secondo te, il crack che aveva in corpo il ragazzino che ha sparato a tua sorella da dove veniva? Come c'era arrivato a San Paolo?»

L'espressione di Kaufmann – come se gli mancasse l'aria, come se il pugno nello stomaco che gli aveva appena assestato Diana fosse fisico e non metaforico – fece spaventare l'assistente Ana Claudia, che era appena arrivata col vassoio dei biscotti, e si era subito girata per tornare in laboratorio.

Diana la fermò: «È esattamente ciò di cui questo signore ha bisogno» disse. Il profumo di cioccolato, nocciola e avena fece reagire Kaufmann.

«Ho bisogno di cioccolato?»

«Anche. Ma di più, hai bisogno di un paio di cazzotti. Te ne ho dato uno metaforico poco fa. Ne vuoi anche uno vero?»

L'assistente Ana Claudia si allontanò facendosi il segno della croce e invocando un qualche santo protettore. O forse un orixá, una delle tante divinità locali del Candomblé. La differenza, dal punto di vista di Florian, era tutt'al più semantica.

Uscì dal caffè pochi minuti dopo. Camminò a lungo per le strade di Pinheiros, senza una meta, pensando a tutto quello che Diana gli aveva detto. Passò distrattamente davanti a una gelateria per cui aveva fabbricato pavimenti, pannelli, banconi e perfino mobili. Bellissimi legni, altamente sostenibili, ma a chi importava? Al proprietario della gelateria no, e ai suoi clienti ancora meno. Più di tutto, faceva male l'ultimo pugno che Diana gli aveva sferrato, quasi sulla porta. Tanto che ne avrebbe preferito senz'altro uno vero. Gli aveva ripetuto che stare dalla parte dei Boliviani era la conseguenza logica, e orrenda, di tante delle sue scelte anteriori. Gli aveva detto che sì, più di tutti i valori, più di tutte le convinzioni, più del coraggio, più della memoria di sua sorella Marta, quello che contava veramente, per lui, sempre e comunque, era avere ragione. E aveva aggiunto che il modo più efficace per darsi ragione, anche quando si ha torto, consiste nell'allearsi col più forte.

Che poi, il coraggio e la codardia, che categorie stupide, pensava Kaufmann. Difficili da definire. Non in termini astratti: a fare quello sono buoni tutti, dai filosofi più sofisticati agli allenatori di calcio di serie C, dai preti di periferia ai manuali di auto-aiuto con quelle sconosciute facce sorridenti su copertine troppo lucide dal giornalaio in aeroporto: parlare di coraggio è facile.

Il problema è l'applicazione pratica, la definizione immanente di ciò che costituisce una scelta coraggiosa e ciò che invece è l'alternativa facile e quindi un po' codarda. Per Florian, a quel punto, di scelte facili non ce n'erano, in realtà. Denunciare i Boliviani, la scelta "coraggiosa" da manuale, o da facile sceneggiatura, non era, a pensarci bene, tutto quest'atto di eroismo. Si trattava di riempire due formulari, deporre e scappare via in tempo, lontano da lì, lontano dalle conseguenze. Gli sarebbe costata la sua impresa, quella scelta, ma non è che fosse poi un prezzo così alto da pagare, in fondo. Il vero problema, casomai, è che non sarebbe servito a niente. Non ci sarebbero state indagini, se non superficiali. Un bel dossier in triplice copia, da archiviare alla scadenza dei termini di legge in mancanza di elementi sufficienti per un rinvio a giudizio. E tutto sarebbe andato avanti come prima, con un gringo in meno. E allora quello non si chiama coraggio, si chiama chiasso. Piazzata. Confusione. Ci vuole molto più coraggio, cercava di ripetersi Kaufmann, a rimanere lì. A convivere col mostro, in nome di ideali superiori. Tanto i Boliviani i loro traffici li avrebbero fatti comunque. Che li facessero con lui o con altri cambiava poco. Almeno lui con gli utili portava avanti un'idea.

Immerso nei suoi pensieri, chiuso al mondo in un dibattito interno tra due voci che millantavano entrambe, e allo stesso tempo, un monopolio assoluto e granitico sul buonsenso, sulla logica e sull'etica, Florian stava arrivando senza accorgersene all'incrocio tra avenida Rebouças e avenida Brasil. Stanco di pensare, prese in mano il telefono. Un rassicurante flusso di notizie irrilevanti da G1, il sito di notizie veloci della Globo. Un anestetico per la coscienza. Guardò in su distrattamente, il semaforo era rosso. Accanto al semaforo, una ragazzina che aspettava di attraversare, probabilmente diretta al McDonald's dall'altra parte della strada. Havaianas, bermuda jeans corti, una maglietta rosa pallido, un sacchetto di plastica da supermercato in mano. Florian tornò a guardare il cellulare, dedicando un eccesso di attenzione all'ultima polemica sull'eliminazione di un concorrente del *Big Brother Brasil*. Di cui in realtà gli importava poco o nulla.

«*Perdeu, meu irmão.*»

La stessa frase di quella sera, anni prima. «Hai perso»: quella che aveva annunciato la rapina e preceduto di pochi minuti l'assurda, inutile morte di sua sorella Marta.

Lentamente, con una freddezza intenzionale, sollevò nuovamente lo sguardo dal telefono e incontrò quello della ragazzina. E della sua pistola, piccolo mostruoso ciclope tascabile.

«Non c'è bisogno di quella» disse Florian, accennando al ciclope con gli occhi e con la testa, senza fare gesti con le mani che avrebbero potuto spaventare la sua assalitrice. Anche Marta aveva spaventato un ragazzino, sì e no della stessa età, probabilmente altrettanto spaventato, forse altrettanto drogato, sicuramente altrettanto affamato.

«Il telefono» rispose lei, senza abbassare l'arma.

«Va bene. Lo metto nel tuo sacchetto di plastica?»

«Sì. Senza scherzi. Anche i soldi.»

Florian continuò a muoversi lentamente, anticipando ogni minimo movimento con una descrizione fredda e rassicurante: «Adesso allungo il braccio verso il sacchetto e ci metto il telefono, adesso lo ritiro, adesso apro la giacca per prendere il portafogli, guarda tu stessa, sono disarmato, ecco il portafogli, tolgo solo la carta d'identità se per te va bene, ora metto il portafogli nel sacchetto.»

Scattò il verde. E, col verde, anche la bambina, che rimise la pistola nel sacchetto e corse via. Dall'altro lato della strada, però, adesso si era fermata una volante della polizia. Che probabilmente non aveva visto niente, o se aveva visto comunque non avrebbe fatto granché. Chi se ne frega di una rapina, in una città come San Paolo. La volante era lì per hamburger e patatine, e basta. La ragazzina, però, si spaventò. E non sapendo bene come reagire, continuò a correre per attraversare ortogonalmente e lasciare l'avenida Rebouças e il suo fiume di veicoli tra se stessa e i poliziotti. Ma non avrebbe dovuto tenere lo sguardo fisso, all'indietro, sulla volante. Sullo sportello che si apriva. Perché se avesse guardato l'avenida che voleva attraversare, l'avrebbe visto. Se avesse fatto caso alla corsia preferenziale contromano, l'autobus non l'avrebbe investita, facendola volare. E il camion, dall'altra parte, non l'avrebbe schiacciata.

Due semafori più indietro, Florian aveva assistito a tutta la scena, senza potersi muovere. Perché in parallelo, aveva rivisto anche la scena della morte di sua sorella, come in uno di quei videogiochi di macchine da corsa in cui si può gareggiare contro il proprio record storico di percorrenza, e il record è visualizzato come una specie di macchina fantasma, traslucida e incorporea, sullo stesso percorso. Come la ragazzina di oggi, l'ombra di Marta e del suo assalitore avevano attraversato il semaforo correndo, lei velocissima, lui sempre più distante e confuso, finché non le aveva sparato. Come la ragazzina di oggi, Marta era finita a terra, anche lei in una pozza di sangue. E mentre l'ombra del rapinatore e assassino di Marta scappava via su per l'avenida, e l'ombra di Florian correva verso il corpo di sua sorella, l'ingegnere di oggi decise di camminare nella direzione opposta. Via. Via da quel sangue. Via dai poliziotti che sì, certo, adesso si sarebbero dovuti occupare del caso, lasciando le patatine a raffreddare sul cruscotto della volante; lui non ne voleva sapere, dei poliziotti e dei loro formulari vuoti e offensivi nella loro burocratica sterilità, della trascrizione in linguaggio ufficiale di una testimonianza tanto inutile quanto necessariamente dettagliata, perché nessuna quantità di parole avrebbe riportato in vita Marta, nessuna quantità di parole avrebbe risparmiato la rapinatrice bambina, nessuna quantità di parole avrebbe impedito altri morti inutili, perché in fondo ha ragione don Julio, il dispositivo Stato non fa il suo dovere e in assenza dello Stato altri dispositivi prendono il suo posto, sfruttando la povertà e la disperazione per accumulare denaro e potere.

Mezz'ora dopo, grazie alla carta di credito di riserva che teneva sempre nella tasca opposta al portafogli, proprio per eventualità come questa, e grazie alla solerzia di una venditrice di un centro commerciale con una meta da raggiungere entro fine mese, l'ingegner Kaufmann aveva ottenuto un nuovo cellulare, scaricato tutti i dati di backup ed era pronto ad andare avanti come se non fosse successo niente. Come se non avesse rischiato di morire come sua sorella Marta. Come se la sua sopravvivenza non avesse dimostrato esplicitamente che anche Marta sarebbe stata ancora viva se solo lui le avesse insegnato a comportarsi come sapeva che ci si doveva comportare in una circostanza del genere. Come se la sua rapinatrice non fosse morta, come cantava Chico Buarque, rallentando il traffico, appena un fastidio in più in una giornata in cui milioni di persone si affrettavano senza chiedersi troppi perché. Ci sarebbe voluta un po' dell'indifferenza paulistana che Florian vedeva tutto intorno a sé, per andare avanti. Una cosa sono le statistiche sui morti, vere o inventate da don Julio per supportare la sua colta e sofisticata coscienza di sé. Un'altra sono i morti veri, quelli che conosci, quelli che vedi, quelli che non importa se ne sono morti duemila in meno: ne è morto uno di troppo perché quell'uno di troppo è successo proprio davanti ai tuoi occhi. Ci sarebbe voluta, per lavorare coi Boliviani, una callosità d'animo che Florian temeva di non avere.

Tornò al caffè di Diana. Al bancone adesso c'era lei, l'assistente era indaffarata in laboratorio. Una giovane coppia con un barboncino color nocciola al guinzaglio stava pagando una scatola di cioccolatini. Florian aspettò che uscissero facendo trillare il campanello della porta a vetri.

«Il tuo amico Emerson, lo senti ancora?»

«Il giornalista? Everton, non Emerson. Everton Barros. Sì, ci sentiamo. Ma non mi sembra che tu abbia in mano abbastanza elementi. C'è poco da scrivere, sulla tua storia. Non si capisce neanche se stai coi cattivi o coi buoni.»

«Così com'è, in effetti, è abbastanza confusa. Non so neanche più chi sono i cattivi e chi sono i buoni. Però magari nei prossimi mesi lo scopro, e se lo scopro, glielo racconto.»

«Stai solo cercando di placare quel poco di coscienza che ti è rimasta. Boh, segnati il numero, ma scommetto che non lo chiamerai.»

14

Di ritorno ad Araxá, Kaufmann trovò che i pallet dell'ordine svizzero mediato da Duda – l'ultimo, probabilmente, firmato prima dell'incidente col Polacco e dell'arrivo dei Boliviani – non erano affatto pronti. Ramiro mise su una spiegazione dettagliata, teatrale e fondamentalmente inane, che si riassumeva nella tautologica constatazione che non avevano finito perché non avevano ancora finito. Se Deus quiser avrebbero finito domani, se Dio vorrà, inch'Allah. Stanco per il viaggio notturno e scomodo di ritorno da San Paolo, Florian rinunciò alla solita spiegazione che no, qui non è questione di volontà divina, ma di volontà umana, umanissima, e che Dio se c'è è impegnato altrove e non decide i turni di produzione in una segheria. Si limitò a osservare, quasi distrattamente, che se i pallet non fossero stati pronti l'indomani entro la pausa pranzo, di Dio avrebbero sperimentato l'ira, più che la volontà, per interposto Kaufmann. Ramiro naturalmente non capì, o non volle capire, e rimase a guardare l'ingegnere in silenzio.

«Cosa c'è?»

«Non ho capito cosa interpone lei col Signore.»

«Ramiro, avete fino a domani a pranzo, altrimenti vi licenzio tutti, uno per uno, e me ne torno in Svizzera!» si spazientì Florian.

Che forse sarebbe stata l'alternativa più facile, o la più

sensata, ma ormai la sua decisione l'aveva presa: sarebbe rimasto lì, almeno per il momento. Nonostante il monito di Duda, che pure gli rimbombava in testa. Nonostante i cazzotti di Diana, che pure gli avevano ammaccato l'ego, e non poco. Nonostante il ricordo di Marta che gli accorciava il respiro e gli stringeva il cuore. Nonostante l'immagine della bambina sotto il camion. Sarebbe rimasto lì, abbracciando l'ambiguità: lavorando con e per degli assassini, però in nome di principi superiori; e con gli occhi aperti per trovare una via d'uscita più o meno onorevole, come se il narcotraffico fosse una specie di metropolitana, ti porta dal punto A al punto B a velocità data, poi si aprono le porte, tu scendi e continui la tua vita. Comunque, spediti i pallet di Duda, bisognava cominciare rapidamente a lavorare alle modifiche di processo per accomodare i carichi nascosti dei Boliviani. Una sfida logistica: complessità intellettuale per mettere il cuore sotto anestesia. Funziona sempre.

L'entusiasmo di Ramiro, venuto meno nella preparazione dei pallet per la Svizzera, raggiunse invece livelli senza precedenti quando si trattò di adattare le vecchie tecniche di contrabbando dei Kowalski alla nuova realtà produttiva dell'accordo tra lo Svizzero e i narcotrafficanti. Con le macchine nuove e i parametri finemente regolati dall'ingegnere, gli intagli e i comparti segreti nelle porte per lo stoccaggio della cocaina, riuscivano molto più precisi e rapidi di quanto Ramiro ricordasse dal suo impiego precedente. In dieci giorni, la prima consegna per San Paolo era pronta per partire, farcita e insospettabile. Per coincidenza, il dottor Fabiano aveva finalmente ottenuto un giorno di libertà dal suo macello bovino, visto che tutti i suoi dipendenti, guarda un po', quel giorno si erano presentati puntuali, e aveva quindi deciso di passare la mattinata visitando Kaufmann in segheria. Tre giorni dopo, una tabella di marcia invidiabile che il camionista Delcio non aveva mai realizzato prima d'allora, le porte farcite erano già state scaricate a San Paolo in un magazzino nella regione di Vila Maria, e Delcio era pronto a ripartire verso nord.

Carico, naturalmente.

Kaufmann aveva iscritto il camion in un programma di trasporto di carichi distribuiti di una delle tante start up che pretendono di risolvere i problemi logistici del Brasile «grazie alle nuove tecnologie», come se uno smartphone fosse una bacchetta magica e potesse essere agitato per far sparire i problemi, oplà!

In realtà il concetto era lo stesso di molte start up, comprese quelle statunitensi: una tecnologia quasi inesistente, o se proprio esistente basilare e facilmente riproducibile con strumenti, biblioteche e algoritmi di dominio pubblico da almeno vent'anni; compensata però da un marketing esperto e sofisticato, costruito intorno a una storia irresistibile per giornalisti, consumatori e soprattutto investitori. I miliardi scommessi dagli investitori sovvenzionano prezzi al pubblico sfacciatamente sottocosto, giustificati agli occhi di chi vuole crederci dalle «efficienze operative grazie alle nostre tecnologie proprietarie», così l'impresa cresce a dismisura finché i concorrenti si arrendono e lasciano l'ex start up in una posizione di monopolio assoluto. A quel punto, i prezzi possono andare su quanto si vuole. Oppure naturalmente si fallisce prima, per colpa degli stessi fondi d'investimento che stavolta rifiutano di versare un altro giro di miliardi in un progetto di così lungo termine. Ma anche in quel caso, di solito, l'astuto startupper ha già messo da parte di che pagarsi uno stile di vita lussuoso fino alla fine dei suoi giorni, e a trentacinque anni si vanta di essersi messo "in pensione".

L'ingegner Kaufmann, invece, aveva scelto un business che prevede l'estrazione di risorse naturali, fisiche e vere com'è fisico e vero un albero: si trasformano fisicamente e veramente com'è fisica e vera una macchina di segheria, se ne ottengono prodotti fisici e veri com'è fisico e vero un parquet sotto i piedi o un culo su una sedia. Gli startupper paulistani, quindi, li detestava tutti in blocco, quelli degli alberghi per cani e quelli delle marche di occhiali da sole, quelli delle app per «ridurre il costo del credito» e quelli delle consegne in motocicletta, quelli delle blockchain e quelli dei market place, quelli dei gelati artigianali e quelli della moda sostenibile. Più di tutti, però, gli stava sui coglioni, appunto, una start up dedicata all'ottimizzazione delle consegne e della logistica, che peraltro era stata fondata da un suo ex collega della banca. Senza dover vendere l'anima ai narcotrafficanti, quell'uomo orrendo aveva ottenuto finanziamenti a fondo perduto e investimenti di capitali di rischio per montanti generosissimi e improbabili. Forse anche perché figlio di un'ereditiera di un latifondo in Minas Gerais e di un politico di rilievo. Almeno, aveva pensato Florian, una parte di quel denaro infame la rigiriamo qui da noi. Bastava ordinare un prodotto online, di quelli difficili da consegnare per posta, su un sito convenzionato, e pur di mantenere la promessa falsa della logistica miracolosa avrebbero mandato un camion quasi vuoto a consegnarlo dall'altra parte del Brasile, perdendo l'equivalente di un paio di migliaia di dollari alla volta, e finanziando benzina, pasti e motel del prode camionista Delcio, pronto ad accettare subito la corsa da San Paolo ad Araxá do Oeste. Insomma: la droga a San Paolo arrivava in fretta, e anche gratis perché il camion di fatto lo pagavano i fondi d'investimento tramite la start up dell'ignaro collega. In più, grazie all'idea del comparto segreto nelle porte, adesso un piccolo comparto segreto ce l'aveva anche il camion, il che rendeva infinitamente più facile l'approvvigionamento di materie prime regolate da fin troppe leggi brasiliane. Nel doppio fondo, in quel viaggio, Delcio portò su vernici e mordenti senza l'ombra di un certificato di trasporto carichi pericolosi. Ufficialmente, c'era solo una lavatrice, che andò a sostituire quella vecchia, riutilizzata subito da Cleide come nuova base per l'altare di Iemanjá. Nel giro di poche settimane, aveva trasportato anche un set di mazze da golf, uno di canne da pesca e perfino un kit in plastica per montare in giardino l'altalena e lo scivolo dei bambini, per la felicità dei figli minori di Ramiro e del piccolo manovratore di Carlinhos, quando li trovarono installati nel cortile della chiesa una domenica mattina. Padre Romero considerò i giochi dei bambini un chiaro segnale del fatto che in fondo in fondo lo Svizzero un'anima ce l'aveva, e dichiarò solennemente durante l'omelia che Kaufmann aveva agito, chiaramente, per ispirazione divina, per il bene della comunità di Araxá do Oeste. Nel comparto segreto, quella volta lì, erano venuti su dei peperoni freschissimi (la morte del marito e i cambiamenti di pesi e dinamiche non avevano minimamente migliorato la qualità dei prodotti freschi del negozietto di Andressa Kowalski, purtroppo) insieme a cioccolata di lusso e centinaia di capsule per il caffè.

I nuovi investitori, tramite visite sempre meno frequenti del commercialista, avevano espresso soddisfazione e concesso a Kaufmann margini crescenti di autonomia, man mano che cresceva la fiducia alla luce dei risultati. La logistica delle porte farcite, una volta stabilita e rodata, permetteva a Florian di ottenere risultati notevoli anche rispetto ai suoi storici obiettivi primari. I legnami ecosostenibili e i semilavorati arrivavano a San Paolo puntuali e affidabili, e avevano trovato rapidamente un pubblico affezionato di architetti di lusso, quasi tutti contatti di Donato Abreu, un politico locale dalla carriera ascendente, che aveva generosamente offerto a Florian la sua villa nel quartiere di Jardins per un sontuoso evento di marketing settoriale, proprio per quegli stessi architetti che lo avevano snobbato per anni. In cambio, Abreu non aveva voluto quasi nulla, Florian gli aveva semplicemente rifatto i seicento metri quadri di pedana della piscina, in un bellissimo ipê da esportazione, e il politico l'aveva anche pagato. A prezzo di costo, ma l'aveva pagato. Coi fondi di un ente parastatale, ma l'aveva pagato. «Abbiamo amici in comune» aveva detto. E per far piacere ai comuni amici, all'evento di marketing avrebbe pensato lui.

In realtà ci aveva pensato Heloisa, la sua efficientissima ufficio stampa, che nel giro di due ore aveva già scelto la data, il catering, la band, il fotografo e confermato otto partecipazioni vip che avrebbero poi trascinato tutti gli altri invitati. E tutto quasi gratis, «tanto poi vogliono tutti il contratto per il matrimonio di sua figlia, che è molto più succoso, questi sono solo trecento invitati o giù di lì». Kaufmann avrebbe voluto chiederle quanti invitati ci fossero di solito a un matrimonio di lusso a San Paolo, ma Heloisa lo anticipò: «Millecinquecento persone in lista per il matrimonio, al momento. Metà le ho scelte io. È l'evento professionale più importante del suo mandato, e serve anche a lanciare la campagna da governatore dello stato di San Paolo. Prezzi pieni, pagati dagli sponsor naturalmente.» Florian non chiese di quali sponsor si trattasse. Probabilmente un mix di enti parastatali già lottizzati e di imprenditori privati a caccia del prossimo appalto. Come aveva suggerito don Julio, le ovvietà era meglio lasciarle nel territorio del non detto.

Era anche stata una serata divertente, quella dell'evento in piscina. Faticosa all'inizio, con una sequenza di interviste tutte uguali, tutte programmate, tutte pilotate, tutte con le stesse domande scritte da una stagista di Heloisa e suggerite direttamente ai giornalisti qualche giorno prima in una lettera accompagnata da un'eccellente bottiglia di champagne «per prepararsi all'atmosfera effervescente dell'evento», e tutte naturalmente con le stesse risposte scritte dalla medesima stagista, Laura, e consegnate a Florian senza lo champagne d'accompagnamento.

Poi strette di mano (quante? Aveva perso il conto) e biglietti da visita (quanti? Duecentonove, classificati per professione e regione dall'ottima stagista, che glieli strappava dalle mani un secondo dopo che li aveva ricevuti per registrarli immediatamente in duplice copia – versione digitale in un'app, oggetto fisico in un elegante raccoglitore in similpelle), bicchieri di champagne (quanti? Anche di quelli aveva perso il conto) e numeri di telefono di ragazze procaci e disinibite (tre, nel lasso di tempo in cui Laura si era allontanata per andare in bagno; una gli aveva anche fatto vedere un lembo di reggiseno). Verso la fine, erano rimasti in pochi, tutti ubriachi fradici tranne Heloisa e Laura l'inflessibile: il politico padrone di casa, il chitarrista della band i cui colleghi erano già andati via da un pezzo, un giornalista della *Folha de São Paulo* – un po' perché sperava che il politico si sbottonasse sulle sue intenzioni future, un po' di più perché sperava che il chitarrista si sbottonasse e basta – e un terzetto di architetti che l'indomani stesso fece un grosso ordine di stipiti, porte e battiscopa per un palazzo in costruzione. Alle undici di sera, Heloisa gli aveva chiesto aiuto per caricarsi il giornalista a spalle fino al taxi. Il chitarrista si era generosamente offerto volontario per scortarlo fino al letto e – secondo Heloisa – si sarebbe preso quindi un cazzotto dal marito del giornalista che lo aspettava a casa, come succedeva una o due volte a settimana. Gli architetti erano andati via col loro autista, in una Jaguar pervinca che chiamavano affettuosamente «il carrozzone». Narrava la leggenda che avessero cominciato insieme, anni prima, con un vecchio maggiolone malandato che avevano riverniciato loro stessi, a mano, un punto di viola sul cui nome non avevano mai trovato un accordo: pervinca, lillà, viola del pensiero. In vent'anni avevano rifatto gli appartamenti e le ville della San Paolo più sfacciata, sempre con dettagli e accenti viola del pensiero (o pervinca, o lillà), e sostituito il maggiolone con auto man mano sempre più di lusso – tutte, però, del colore preferito.

Per la prima volta dall'inizio della serata, Heloisa aveva fatto cenno alla stagista di allontanarsi da Florian e concedergli un momento di spazio personale. Donato Abreu, con l'aria del padrone di casa soddisfatto per la serata, gli aveva messo una mano sulla spalla. «Benvenuto, gringo. Da oggi in poi, il tuo mondo è questo. Divertiti. Ma non dimenticare mai di fare la tua parte, ogni giorno. Il sistema funziona perché lo facciamo funzionare, tutti quanti, ognuno al suo posto. Contiamo su di te, così come tu puoi contare su tutti noi.»

Il rapporto cordiale col politico paulistano si era sviluppato in parallelo a una diversa e maggiore intimità anche col dottor Fabiano, ad Araxá. Carne e donne avevano progressivamente ceduto il posto, nelle loro conversazioni, alle strategie finanziarie e tributarie delle imprese che Fabiano seguiva, o per lo meno di quelle che costituivano un certo conglomerato. Nonostante la sua istintiva antipatia per il fenomeno, Florian aveva trovato nelle criptovalute un insieme di strumenti efficaci e maneggevoli per il riciclaggio e lo stoccaggio del denaro sporco dei Boliviani e delle loro imprese – compresa, naturalmente, la sua – ed era diventato nel giro di pochi mesi la controparte hi-tech dell'avvocato-commercialista Fabiano: partecipava alle riunioni strategiche, indirizzava flussi di denaro, suggeriva strutture e operazioni, eseguiva pagamenti a fornitori, gruppi d'influenza, politici e sottobosco vario. Più d'una volta aveva pagato conti (informali, naturalmente, mai una fattura!) su richiesta di Heloisa, da San Paolo, per tipografie, fiorai, bartender, designer e quant'altro. Decine di bitcoin, milioni di reais, a un fioraio di Brasilia. Chissà che profumo.

Grazie all'entusiasmo sciocco di consumatori ignari e

di rapaci istituzioni finanziarie intorno alla bolla speculativa delle criptovalute, per ogni bitcoin acquistato Florian riusciva senza difficoltà a trovare un derivato che ne neutralizzasse l'esposizione, in modo tale che le monete elettroniche servissero solo come strumento di lavaggio, senza correre rischi legati alla loro volatilità. Il sistema sarebbe crollato prima o poi, l'ingegnere ne era sicuro, ma finché non succedeva era rapido ed efficiente; e anche il crollo, grazie ai derivati, l'avrebbe comunque pagato qualcun altro.

Impegnato in ufficio, Florian aveva sempre meno tempo da dedicare all'operatività quotidiana in segheria. Per fortuna, sembrava che Ramiro avesse finalmente imparato qual era il suo ruolo, Marcelinho con la meccanica se la cavava bene, e le cose ormai funzionavano quasi senza intoppi. O forse Ramiro aveva solo bisogno di non avere il fiato del capo gringo sul collo per lavorare meglio. Pallet e pallet di legnami, porte, parquet e semilavorati partivano ogni settimana alla volta di San Paolo. Le porte si fermavano lì, nelle abili mani dei "chirurghi" della Vila Maria che ne estraevano il prezioso carico nascosto, mentre il resto spesso proseguiva fino a Santos, per la spedizione ai clienti svizzeri di Duda, che dopo un paio di telefonate a orari più adeguati (la sera, dopo il terzo bicchiere) si era convinta a rimanere in affari nonostante i nuovi soci. Nemmeno le influenze di Donato Abreu erano riuscite ad accelerare le spedizioni svizzere, però: «Ah, il porto, sai, è la sfera di controllo di un altro partito. Alleato, sì. Ma altro.» Ci sono dei limiti da rispettare, ci sono regole non scritte eppure ferree, nel grande gioco del traffico di favori.

Diana rimaneva l'unica nota di dissenso. Florian sperava che i viaggi più frequenti a San Paolo, tra riviste, clienti e giri d'influenza, sarebbero stati una buona scusa per riportarla nell'orbita della sua vita e ricostruire un rapporto, un po' per volta. Se non un rapporto sentimentale, almeno uno di fiducia e confidenza. Ma Diana di pazienza per quel gringo ne aveva sempre meno, e lo scetticismo iniziale sulle sue intenzioni e reali possibilità di successo e sopravvivenza aveva rapidamente lasciato il posto alla critica esplicita e diretta. Anche perché di pazienza in generale Diana ne aveva poca, e le serviva per tenere in piedi la pasticceria. Non aveva voglia di sentirgli raccontare le solite scuse, i soliti lunghi ragionamenti di moralità condizionale, del fine ultimo che giustifica schifosi compromessi quotidiani, i suoi «tanto comunque» e «però d'altra parte». Stare a servizio dei Boliviani era sbagliato e basta. E fare quello che faceva Florian era stare a servizio dei Boliviani, senza bisogno di grandi giri di parole, senza la mezza scusa del numero di telefono del giornalista Everton Barros sepolto in mezzo a migliaia di altri contatti, e convenientemente dimenticato senza che lo avesse mai usato.

Una sera, in un piccolo ristorante francese a Itaim, tappeti mediorientali e luci soffuse, menu elegante-carino costruito intorno a un paio di rassicuranti banalità culinarie, Diana si era alzata mentre ancora aspettavano il dessert, e gli aveva fatto una scenata. «Sono anni che ci provo, gringo. Non ce la faccio più. Non capisci niente di te stesso, niente del Brasile, niente di niente.» Il tono di voce sempre più alto, per la gioia perversa dei vicini di tavolo curiosi. «Una cazzata dopo l'altra pur di non affrontare una volta e per tutte una discussione seria. Che va anche bene, oh, ognuno ha il diritto di mentire a se stesso per non soffrire. Ma a me questo teatro patetico non piace, e quindi trovati un altro pubblico!»

Un pugno sul tavolo, la borsa afferrata nervosamente, e Diana era andata via. Un altro pezzetto di vita, un altro legame, un frammento di cuore in più da cauterizzare. Coerentemente con le sue scelte di vita, si era detto Florian, come se la spiegazione logica e rigorosamente causale fosse d'aiuto per imbottigliare, tappare e nascondere un'emozione scomoda di cui in quel momento non si sarebbe comunque potuto occupare. C'era troppo da fare per piangere un altro lutto: perché di quello si trattava. Non l'avrebbe rivista mai più, ed era giusto così, meglio per lei, necessario anzi, per tenerla fuori da un mondo che non voleva e da scelte che non avrebbe potuto condividere. In nome di un obiettivo più alto, bisognava accettare dei sacrifici. Quante stronzate, gli avrebbe rinfacciato Diana stessa, smettila di giocare all'eroe romantico da due soldi, ché non ti viene neanche tanto bene. Ma, appunto, non era più lì per farlo. Florian aveva tutta la libertà che voleva per raccontarsi le stronzate di cui aveva bisogno per andare avanti, ancora avanti, ostinato e determinato. Per togliere dall'imbarazzo il cameriere, i due tortini al cioccolato e pistacchio li mangiò entrambi, cuore cremoso ed esterno sodo, pallina di gelato compresa, mentre aspettava il conto.

Un venerdì pomeriggio, in ufficio ad Araxá, Florian stava pigramente riconciliando movimenti contabili ufficiali, da un foglio di calcolo del dottor Fabiano, e posizioni in criptovalute. Nulla di particolarmente urgente, ma faceva ormai parte di una routine rassicurante: chiudere la settimana facendo il punto sui guadagni, legali e no. La visita di Andressa Kowalski, a interrompere la routine, di rassicurante non aveva niente.

«Mi devi aiutare, Florian.»

Come un'ovvietà. Un dato di fatto, più che una richiesta. Un dato di fatto, però, che non sembrava dovuto all'arroganza sfacciata di Andressa: non era il suo solito "devi fare così perché io sono io e tu no". Sembrava venire invece dall'assoluta certezza dell'umanità del suo interlocutore: sapeva che Florian non le avrebbe negato il suo aiuto, una volta messo al corrente delle circostanze che l'avevano spinta ad attraversare la strada per incontrare il suo vicino, rivale ed ex amante. Mi devi aiutare, sembrava voler dire, perché è l'unica cosa giusta da fare. Andressa tremava.

«Dimmi pure» tentò Florian, ma non ottenne risposta. Di fronte al silenzio, si alzò dalla scrivania, prese un bicchiere dall'armadietto, lo riempì di whisky e lo offrì ad Andressa, che lo vuotò d'un fiato. Funzionò. Cominciò a raccontare.

«Ho preso a schiaffi don Julio. Non so neanche perché. All'inizio ero anche contenta, che ci avessero lasciato l'impresa. Poche cose, per carità, lo sai meglio di me, stiamo lì solo a fare finta che tu abbia una concorrenza. Un pallet qui, uno lì, i soldi che bene o male entrano, non come prima, ma meglio di niente. Poi però a Maicol non glielo leva dalla testa nessuno che di soldi potrebbe farne molti di più.»

«Ora vuole il posto di tuo marito anche fuori dal letto?»

«Sei uno stronzo. Comunque, dice che dobbiamo riportare la parte migliore del business dal nostro lato della strada. Mi ha convinto a parlarne con loro, ma non è andata bene. Mi sono innervosita.»

«A parte lo schiaffo, hai fatto altro?»

«Ho gridato di tutto.»

«Di tutto cosa?»

«Di tutto, cose che non sono piaciute a don Julio. Si è alzato senza una parola. Mi ha guardato. Ha girato le spalle. È andato via. Che faccio?»

«Vuoi che lo chiami io?»

«Ci sono alternative?»

Non ce n'erano.

«Lo andiamo a trovare insieme. Col dottor Fabiano. Prendiamo la mia macchina e andiamo subito.»

Ma non fecero in tempo.

Mentre Florian chiudeva i fogli di calcolo e Andressa

vuotava un secondo bicchiere di whisky, don Julio entrò nell'ufficio, seguito da Ramiro, Maicol e Alberto. Andressa guardò Maicol, probabilmente senza capire la dinamica della situazione. Ricevette in cambio uno sguardo glaciale, quasi di sfida. Don Julio si scusò elegantemente con l'ingegnere per il disturbo e fece un lieve cenno con la testa ad Alberto, che subito sparò in fronte ad Andressa. Il killer porse la pistola a Maicol e gli intimò di farsi aiutare da Ramiro per riportare il cadavere dall'altra parte della strada e inscenare un improbabile suicidio in ufficio. E, naturalmente, di pulire l'ufficio dell'ingegnere. Don Julio disse appena: «Le sono molto grato per la sua comprensione, ingegnere» e andò via con Alberto, come uno che ha appena sbrigato una formalità, magari un po' fastidiosa, ma purtroppo necessaria.

«Doutor, mando Cleide per il sangue o aspetta che torniamo noi dopo che accompagniamo la signora Kowalski a casa?»

«Ci penso io, Ramiro. Pulisco io. Tu non ti preoccupare.»

Florian uscì dall'ufficio per andare a prendere secchio, strofinaccio e candeggina nelle cucine, attraversando il patio. Si sedette su un tronco di jatobá, guardando da lontano Ramiro e Maicol che trascinavano il corpo di Andressa Kowalski verso il cancello. Un morto in più a carico del dispositivo boliviano, che proibisce la disobbedienza. Un morto in più, perché quando la sorveglianza non basta, si passa alla punizione. Quando un ingranaggio alza la testa, va rimesso giù con una martellata, e pazienza se si rompe, tanto basta metterne uno nuovo per rimpiazzarlo, e pulire bene. Chissà se rimarranno le macchie, si chiedeva l'ingegnere. Sulle pareti, sui vestiti, sulle mani. Un morto in più a carico della sua coscienza, anche. Intorno alla morte di Marta, c'era sempre stata la possibilità di ricamare strati su strati di razionalizzazioni e distanziamenti, a coprire strati su strati di sensi di colpa. Stavolta c'era poco da inventare:

ad Andressa avevano sparato i suoi capi, nel suo ufficio, per il bene della sua impresa.

La luna illuminava il patio e lo tingeva d'argento. L'ombra di un pipistrello in volo, in cerca di un punto d'arrivo dall'altro lato di quella eccessiva radura voluta dall'uomo, rompeva ogni tanto la monotonia del velo di luce lattiginosa.

Florian ripensava all'entusiasmo con cui aveva abbandonato una carriera in banca per coltivare l'illusione dell'indipendenza e dell'autonomia dell'imprenditore. Niente capi, niente lacci e burocrazie: decisioni e velocità! Tutte cazzate, naturalmente. Di gente che di fatto aveva più potere di un capo, sulle sue scelte, ne aveva incontrata anche troppa, e molto prima di don Julio: tra clienti, funzionari di banca, esattori delle tasse e controllori vari, erano più numerosi e molto meno qualificati dei "capi" ufficiali con cui aveva lavorato in banca. Di lacci e burocrazie ne aveva affrontati un'infinità, naturalmente. Quanto alle decisioni, sì, quelle sì, le aveva prese, e tutte alla velocità che l'istinto gli suggeriva. Nessuna delle quali, però, aveva avuto un impatto reale. Le decisioni, quelle vere, le prendeva il sistema attorno a lui. Non perché fosse ad Araxá, ma perché l'equilibrio era quello. Le decisioni che pesano di più nella vita di un'azienda sono quelle che cambiano le variabili esogene. Al massimo, un imprenditore può cercare di starci dietro. Come un ingranaggio, appunto. Magari ad altre latitudini la martellata per rimettere giù chi alza la testa è un po' più metaforica, ma è altrettanto inesorabile. La libera iniziativa dell'imprenditore è uno dei più colossali raggiri della contemporaneità.

Due giorni dopo, Mourão era venuto a confermare la versione dei fatti di Maicol: Andressa era passata a trovare l'ingegnere, poi era tornata in ufficio, aveva confessato a Maicol il tormento di essere ancora innamorata dello Svizzero, e in un momento di follia si era sparata davanti a lui. L'ingegnere aveva confermato di aver visto Andressa. E di aver avuto una storia con lei, anni prima. E tanto era bastato all'agente: caso chiuso, suicidio, e complimenti a chi ha fatto le pulizie qui da lei, non si nota niente, ingegnere. Spiegò che le avrebbero anche attribuito l'omicidio di suo marito Anselmo, per chiudere finalmente quel caso.

Florian aveva firmato distrattamente il foglio con la deposizione, portato già pronto e stampato dal poliziotto, che chissà come ne conosceva il contenuto prima ancora di uscire dal commissariato.

Poi aveva preso il telefono e aveva chiamato Everton Barros.

15

Con una melodia elettronica che sembrava un po' quella di una lavatrice, il pannello di controllo del generatore diesel confermò l'upload del nuovo set di parametri sviluppato dall'ingegnere. Ok, conferma, avvia. Kaufmann guardò lo schermo: il software funzionava esattamente come previsto. Controllò i tubi di raccordo al serbatoio principale, verificò un paio di connessioni volanti a un congegno elettronico che aveva aggiunto dall'esterno, e uscì dalla sala macchine, chiudendo a chiave il portellone di ferro dietro di sé.

Di ritorno in ufficio, caricò una chiavetta usb con tutti i documenti necessari e una generosa quantità di criptovalute. Mise la chiavetta nella tasca dello zaino e completò il bagaglio con poche altre cose. Poche, e indispensabili. Due paia di mutande e una camicia pulita, uno spazzolino da denti nuovo – quello vecchio sarebbe rimasto in bagno, visibilmente usato da poco. Un libro da leggere: ne prese uno a caso dalla pila di quelli da cominciare, abbandonando Foucault sul solito tavolino, aperto, come se l'avesse appena poggiato lì, per qualche minuto. Soldi, in contanti. Non tutti: quello che gli sarebbe servito durante il viaggio. Una mazzetta di reais, una mazzetta di franchi svizzeri e una di dollari in mezzo al passaporto, il passaporto nella borsa tra le mutande. La sua cravatta preferita, perché tanto la sua assenza non l'avrebbe notata nessuno. Il suo vecchio cd dei Dire Straits l'avrebbe recuperato dalla macchina al momento opportuno. Pensò di prendere anche la cartella col catalogo delle essenze pregiate: la soppesò, poi decise di lasciarla lì, sullo stesso scaffale in cui aveva deciso di abbandonare i faldoni delle dichiarazioni dei redditi – personali e d'impresa – di tutti i suoi anni in Brasile. Meglio lasciare spazio sufficiente per acqua, castanhas e cioccolato per due o tre giorni di marcia.

C'erano un paio di curve abbastanza strette, non troppo lontane dalla città, che avrebbero permesso comodamente di simulare un incidente stradale come quello di Lukas Keller. Il resto l'avrebbe fatto a piedi fino alle porte della città, e poi con un autobus avrebbe raggiunto l'aeroporto di Porto Velho, dove lo aspettavano i biglietti per Manaus, poi Miami, e infine Zurigo. Due giorni di marcia solo con castanhas e cioccolato si potevano anche fare – avrebbe mangiato qualcosa alla stazione dell'autobus, poi – ma c'era da sopravvivere alle notti nella foresta. Torcia elettrica, accendino, coltellino svizzero, pistola. Non era il massimo, ma era quello che aveva, e comunque l'animale più pericoloso in giro era Alberto, il sicario di don Julio.

Lo zaino era pronto. Lo caricò in macchina e passò dalla cucina per un caffè. Chiese distrattamente a Cleide se avesse visto Ramiro: no, non c'era, era uscito con la moto. Be', allora avvertilo tu quando torna che sono in città e rientro tra domani e dopodomani, anzi, vuoi che porti i peperoni per la moqueca? Kaufmann promise anche di chiedere a Carlinhos se suo suocero avesse pescato un tambaqui di recente. Le cuoche risultavano sempre più ispirate quando il pesce veniva dal congelatore di un pescatore, anziché da quello della loro cucina. Pensò anche di farsi una sveltina d'addio, con una Cleide del tutto ignara delle sue intenzioni, ma non sarebbe stato prudente sprecare energie in quel momento.

Kaufmann salì in macchina. Spense il cellulare, lo ripose nello zaino, mise in moto e uscì dal patio dei tronchi per attraversare Araxá do Oeste in direzione Rondônia. Senza guardare indietro.

Si fermò rapidamente alla pousada e promise a Estrela di portarle una stecca di sigarette dalla città. Passò anche dal dottor Fabiano, che stava chiudendo il turno pomeridiano, e gli chiese di lasciare un fegato fresco in cucina da Cleide. Lo invitò perfino a cena per la sera dopo, «l'alloro e le cipolle li compro io in città e magari anche un paio di bottiglie di vino».

«Ma che ci vai a fare, in città?» chiese il macellaio commercialista.

«Vuoi la risposta ufficiale o quella vera?»

«A me le cose le devi dire tutte, come al medico.»

«E invece ti do la risposta ufficiale, ed è che ho prenotato una revisione annuale dell'elettronica del pick-up perché Pedrão non ne capisce niente, vado domani mattina alle dieci.»

«Ora però mi dai quella vera.»

«Quella vera è che ho un gran bisogno di andare a troie.»

Risero entrambi. Si misero d'accordo per la cena del giorno seguente, e Florian ripartì. Fabiano rimase in ufficio per un paio di telefonate.

Dire Straits ad alto volume. Sottolineavano la parte triste e nostalgica di un miscuglio di emozioni difficile da districare. Il lutto e il senso di chiusura finale erano senz'altro la componente dominante. Una chiusura finale che sapeva di sconfitta. Ma allo stesso tempo di rivincita. Aveva capito le regole del gioco, finalmente: quelle, non scritte, che si era ostinato a ignorare. Aveva dimostrato a se stesso e al mondo di saperci giocare, con quelle regole non sue, e anche bene. E aveva scelto, stavolta in piena coscienza, di non rispettarle. Di provare a romperle. Di gridare un

«No!» forte e chiaro. Quel senso di riscatto lo teneva a galla mentre si trascinava nel gorgo della tristezza e sembrava quasi mostrare una possibilità remota di speranza, una sponda di accettazione, un barlume di vita. Riscatto e speranza alimentavano l'adrenalina delle ore di transizione. Bisognava arrivarci, dall'altro lato del gorgo. E per arrivarci non c'era spazio per errori o esitazioni. Poche ore di margine per mettersi al sicuro, poche ore prima che i Boliviani notassero la sua assenza e lo mandassero a cercare. In quelle poche ore, il lutto e la tristezza andavano accettati, ma messi in sordina, imbottigliati, tenuti sotto controllo dall'urgenza. Avrebbe pianto a Zurigo. Forse. L'antica specialità dell'imbottigliamento della tristezza era diventata per Florian quasi una forma d'arte, dopo la morte di sua sorella.

Immerso nelle sue riflessioni, guidò fino al punto di attraversamento del fiume. La zattera di Carlinhos tornava lentamente verso la sua sponda. Florian proibì a se stesso di considerare l'attraversamento del fiume come una facile e banale metafora del suo momento esistenziale. Era solo un pezzo di strada in più, e neanche dei più difficili, lungo la sua sua rotta di fuga.

Carlinhos attraccò e Kaufmann salì a bordo col pick-up. Scese dalla cabina di guida. Il manovratore gli sorrise. «Andata e ritorno veloce?»

Kaufmann rispose al sorriso. «Più veloce che posso. Anche se mi farebbe veramente bene una vacanza. Rimanere fuori qualche giorno, magari.»

«Eh, ma alla segheria poi chi ci pensa?»

«Ci pensa Ramiro e lo aiuta suo figlio Marcelinho. Tanto ormai non è neanche più mia, di fatto.»

«E lo è mai stata? Dico, prima dell'incendio e dell'incidente di Anselmo, era veramente tua, gringo?»

Gli eventi degli ultimi mesi avevano evidentemente creato una certa prossimità tra il manovratore e il suo passeggero, tant'è che Carlinhos era passato dal formalismo del vocativo «doutor» al soprannome affettuosamente ingiurioso: gringo – straniero –, come ad altri avrebbe potuto dire gordo, magrelo o baixinho – grasso, magro o bassino.

«Prima non c'era don Julio, e non è una differenza da poco. Però è vero che c'erano le banche. L'erario. I debiti di quello stronzo di Heitor. Gli ispettori. Forse hai ragione, Carlinhos, proprio mia non lo è stata mai.»

Carlinhos tirò un'ultima boccata di fumo e gettò la cicca nel fiume. «Cinque minuti di pazienza, ho finito le sigarette, vado a casa a prenderle.»

«Josué a quest'ora è ancora sveglio?» chiese Florian.

«Di solito sì. Starà giocando con mio suocero» gli rispose Carlinhos.

Florian aprì lo zaino e diede una tavoletta di cioccolato al manovratore.

«Ma perché all'andata?»

Aveva ragione, pensò Kaufmann, di solito le tavolette le comprava in città e le dava a Carlinhos nella traversata verso Araxá. Che Carlinhos chiamava ritorno, ma che lui, dopo tre anni, continuava a considerare l'andata.

«Mah, metti che non ne trovo.»

Carlinhos si allontanò rapidamente lungo la riva del fiume, nella penombra rosata di un crepuscolo amazzonico, verso le luci del suo portico sgangherato, a pochi minuti di cammino. Florian rimase a guardare il fiume e a pensare che forse una sigaretta se la sarebbe potuta fumare anche lui.

Il manovratore ricomparve rapidamente, salì a bordo, accese il motore e fece per mollare l'ormeggio, ma si fermò quando notò il rumore di una motocicletta che si avvicinava. Kaufmann provò a insistere: «E vabbè, aspetterà il prossimo giro, no?»

«Con quello che costa il gasolio, preferisco fare un giro in meno, se non ti dispiace.»

Sì che gli dispiaceva. Perché la motocicletta era quella di Ramiro, dal rumore. E infatti poco dopo lo vide spuntare dalla curva. Insieme a Ramiro, seduto dietro, c'era Maicol.

«Carlinhos, te lo pago io il gasolio. Molla quell'ormeggio e andiamo.»

Troppo tardi. Con un balzo neanche troppo azzardato, la moto salì sulla zattera mentre Carlinhos mollava l'ormeggio e ingranava la marcia avanti, prima che avesse il tempo di sollevare il pianale posteriore.

«Doutor, ma mica voleva andare via senza salutare?» chiese Ramiro.

«E dove va, Doutor? La foresta non le piace più?» aggiunse Maicol.

«Ma dove volete che vada! Un giro veloce in città, devo fare la revisione del pick-up. Domani sera sono di ritorno, ho appuntamento a cena con Fabiano.»

La zattera si allontanava lentamente dalla sponda verso il centro del fiume.

«Doutor, ma lei pensa di essere l'unico che compra le torte al cugino del viceispettore?»

Grazie all'aiuto prezioso del cugino di Aguiar, i Boliviani avevano osservato contatti sempre più frequenti con un gruppo di ben tre giornalisti a San Paolo, uno dei quali, su insistenza di Alberto in missione, aveva raccontato tutto delle intenzioni dell'ingegnere. Dei documenti che stava raccogliendo e del dossier che aveva promesso. Che i Boliviani avessero incaricato Ramiro di eliminarlo era particolarmente crudele, e proprio per questo talmente prevedibile che Kaufmann non si sentiva neanche troppo deluso dal tradimento. Più che altro si sentiva deluso dalla sua stessa abilità di valutazione: sapeva che ci sarebbero arrivati, ma aveva calcolato di avere qualche giorno di margine in più. Un ingegnere che sbaglia a calcolare un margine può mettere in gioco una vita, ripeteva il professore di meccanica razionale all'università. Florian non aveva mai pensato che potesse essere la sua. Peggio: anche quella di Diana, secondo Ramiro. A poco valevano le spiegazioni dell'ingegnere sul fatto che lei non c'entrava niente e che ormai non si sentivano da tempo: il contatto iniziale con Everton Barros veniva da lei, e tanto bastava per condannarla. Se ne sarebbero occupati presto.

La chiatta era arrivata più o meno a un terzo del suo tragitto tra le due sponde e Kaufmann aveva esaurito gli argomenti per prendere tempo. Aveva provato, naturalmente, a fare leva sull'umanità di Ramiro; ma quand'anche si fosse convinto, avrebbe comunque dovuto persuadere pure Maicol a disobbedire a un ordine preciso dei Boliviani. In ogni caso, Ramiro stesso era rimasto imperturbabile. Mi dispiace, Doutor, non è niente di personale, anzi, ma uno deve pure campare. E pure lei, però, Doutor. Ma perché? Va bene scappare via, ma i giornalisti?

Aveva provato, altrettanto naturalmente, coi soldi. Ma come si fa a competere coi narcotrafficanti, quando si tratta di soldi?

Infine aveva cercato perfino di prenderli per il culo. Con una complicatissima spiegazione tecnica, aveva detto a Ramiro e Maicol che una copia, anche se incompleta, dei suoi documenti era comunque salva, accessibile, e che se non lo avessero visto arrivare in tempo, Barros probabilmente avrebbe comunque pubblicato tutto quello che aveva già, e quello che aveva era più che sufficiente. Forse perché non avevano capito la spiegazione, o forse perché avevano capito benissimo tutto, compreso il fatto che non era vero, Ramiro e Maicol non si lasciarono persuadere. Gli ordini sono ordini, Doutor, lei da questa foresta vivo non può uscire. Se proprio dovesse servire, coi suoi amici a San Paolo ci parliamo di nuovo noi. Dopo.

E va bene. Se deve finire, che finisca qui, in mezzo al fiume. Me la posso fumare una sigaretta prima che mi spariate?

E certo, Doutor, ci mancherebbe altro.

La famosa cordialità brasiliana, in un esempio estremo. Maicol fece segno a Carlinhos di mettere in folle. Se fossero arrivati troppo vicini alla sponda opposta, poi sarebbe stato difficile far affondare e sparire il corpo. Kaufmann dovette concordare, da un punto di vista puramente pratico, come se la questione non lo riguardasse più di tanto.

Fece lentamente i pochi passi che lo separavano dalla cabina del manovratore. Guardò Carlinhos negli occhi. Più un addio che una tacita richiesta di aiuto. Uno sguardo triste, nostalgico. Nostalgico di tutte le persone periferiche incontrate nella sua vita e dimenticate con noncuranza. Le segretarie. Il portiere del suo primo appartamento a San Paolo, com'è che si chiamava? I bidelli di scuola. Certi colleghi d'ufficio e vicini di palestra che aveva sempre salutato, senza la minima intenzione di conoscerne il nome. Un esercito di semianonimi riunito là, negli occhi del semianonimo Carlinhos, perché di persone per lui importanti, a dire addio a Florian Kaufmann, non ce n'erano. Forse anche giustamente, pensò con una certa dose di disprezzo, non del tutto ingiustificata, per le sue scelte di vita. Per le scelte che lo avevano portato fino a quel punto.

Il manovratore gli diede una sigaretta. Sembrava triste anche lui. Complice? Sì, certo. Involontario e costretto, se non voleva finire in pasto ai caimani pure lui, con un buco in fronte. Aveva anche Josué da crescere, Carlinhos. E quindi gli toccava rimanere lì, indifferente, aspettando che uno dei tanti semianonimi attraversatori regolari del suo fiume ci cadesse dentro, morto. Come tutti i corpi gettati lì, nottetempo, da Estrela e da padre Romero. Che differenza poteva fare, se in questo caso anche lo sparo fosse avvenuto sulla sua chiatta?

Kaufmann tornò al suo posto, accanto al pick-up che i Boliviani probabilmente avrebbero riutilizzato per gli sterrati di passaggio alla frontiera, carico di coca all'andata e di soldi al ritorno. Chissà quanti ne avevano già, per fare i volumi che facevano. La logistica di frontiera era uno dei pochi elementi che non era riuscito a capire, dell'organizzazione dei suoi investitori. Sulla chiavetta c'erano prove di tutti i movimenti finanziari, compresi i pagamenti dell'universo politico di Brasilia e San Paolo, c'erano acquisti e vendite, investimenti, società, interessi. Ma poco o niente sull'origine della materia prima – di quella Kaufmann non si era mai occupato, come se volesse ignorarne l'esistenza stessa negando qualsiasi legame causale tra la coca e la sua vita imprenditoriale.

Fumò la sigaretta in silenzio, lo sguardo perso in lontananza sul fiume, senza mai guardare in faccia Maicol o Ramiro. Non aveva voglia che l'ultimo sguardo della sua vita fosse quello di un assassino, o di un traditore. Che era senz'altro un pensiero insopportabilmente retorico, ma non lo avrebbe potuto giudicare nessuno. Meglio, comunque, le schiere dei semianonimi uniti negli occhi di Carlinhos, e i riflessi rosso vino del tramonto sul fiume.

Si girò solo quando sentì il rumore. Un colpo secco, contundente. Vide Maicol a terra e Ramiro impegnato in un corpo a corpo con Carlinhos, che aveva in mano una grossa chiave a pappagallo. Un pugno di Ramiro centrò il naso del manovratore, che finì a terra sanguinando. Kaufmann fece in tempo a prendere la pistola di Maicol – la sua era rimasta nello zaino, nella cabina di guida del pick-up – e sparare a Ramiro prima che potesse colpire nuovamente Carlinhos.

Aveva sparato al suo braccio destro. Per legittima difesa, eccome. Ma anche un po' per vendetta. Aveva sparato a Ramiro, traditore, e con quel tiro aveva sparato, idealmente, anche al dottor Fabiano e alle sue risate ipocrite. Anche al suo ex socio Heitor, con tutti i suoi debiti. Anche a Mourão, ad Aguiar e al suo cugino goloso. E a tutte le persone di cui si era fidato, e che lo avevano usato – per un po' o più a lungo – e gettato via all'occorrenza. E aveva sparato anche a se stesso, a quel pezzo di sé che si era illuso di non essere un gringo, di poter giocare alla pari con gli altri un gioco le cui regole erano troppo diverse da quelle con cui era cresciuto. Aveva sparato a un pezzo di passato, quello che aveva comunque scelto di abbandonare per scommettere su un futuro di cui non sapeva ancora nulla.

Ma aveva potuto sparare soltanto perché il semianonimo Carlinhos aveva deciso di salvargli la vita, rischiando la sua.

«Carlinhos, grazie. Ma perché?»

«Quando hai scoperto di me e di Paulinho, non hai detto niente e mi hai protetto. C'è mancato poco che la morte di suo fratello te la pagavi tu.»

Silenzio. Un semianonimo sottovalutato, per una volta però, caso fortunato, in un verso che gli era stato vantaggioso.

«E ora che cazzo facciamo?»

Kaufmann propose di legare i due corpi – quello di Maicol che ancora respirava, e quello senza vita di Ramiro – alla motocicletta, e far affondare tutto. I caimani e i tambaqui mangiano qualsiasi cosa. Resti umani compresi. Un giorno Ramiro sarebbe stato una moqueca. Presero una corda e legarono le caviglie di Maicol alla moto. Carlinhos abbassò il portellone anteriore per far scivolare la moto e i corpi nel fiume, dopo aver dato un colpo di retromarcia per avere più margine d'azione nel punto più profondo del fiume. Stavano già spingendo la motocicletta quando Kaufmann si fermò di botto.

«No. Così è sbagliato.»

«E che altro possiamo fare? Io ho paura dei Boliviani.»

«I Boliviani ti daranno un premio, Carlinhos. Io ho opposto talmente tanta resistenza che ti ho spaccato il naso. Tu hai aiutato Ramiro e Maicol e alla fine siete riusciti a farmi fuori. Però un colpo aveva bucato il serbatoio del pick-up, vedi?», e sparò. Carlinhos fece un salto.

«Così Ramiro e Maicol hanno deciso di affondare il pick-up, col mio corpo dentro» concluse l'ingegnere.

«E invece ci mettiamo loro.»

«Esattamente. Io proseguo in moto. Poi la moto precipita da un burrone, e i corpi non li ritroverà nessuno perché magari è passato di là un caimano, un giaguaro o un boa. Adesso inabissiamo il pick-up, io proseguo, tu torni a casa, racconti questa storiella a tuo suocero e telefoni al dottor Fabiano. Racconti la storia anche a lui e gli chiedi se secondo lui, come avvocato, tu puoi stare tranquillo. Molto probabilmente ti dirà che se un giorno la polizia dovesse venire a investigare dovresti dire che mi hai fatto attraversare il fiume e poi non hai più saputo nulla di me.»

«No, gringo. Così non va bene.»

«Perché no?»

«Perché se i Boliviani scoprono che sei vivo, in pasto ai tambaqui ci finiamo anche io, mia moglie, mio suocero e Josué. E forse pure Paulinho.»

«Hai ragione. E allora facciamo così. Tu col mio cazzotto sei svenuto. Quando ti sei ripreso eri sull'altra sponda. Da solo. Niente moto e niente macchina. Che cazzo ne sai, di cos'è successo? Torni a casa, chiami Fabiano, e riferisci.»

«E però così ti vengono a cercare.»

«No. Vengono a cercare tracce, e trovano le tracce della moto. E non del pick-up. Ci vorrà qualche giorno, prima che ci capiscano qualcosa, se mai dovessero capirci niente. Io faccio in tempo a sparire, e tu comunque dovesse andare non hai visto niente di determinante, anzi, avevi anche provato a calmare la lite e li hai avvertiti tempestivamente del problema.»

Guardarono il pick-up che si inabissava lentamente, con gli sportelli aperti e i due corpi inerti di Ramiro e Maicol legati alle maniglie. Abbastanza stretti da non poter risalire, abbastanza liberi da poter essere rapidamente riciclati nella catena alimentare del fiume.

«Stai attento agli animali nella foresta, gringo. Altrimenti finirò per aver salvato la vita alla cena di un giaguaro.»

«Ci provo. Senti, Carlinhos. Io non lo so che cosa farò. Non so nemmeno se arriverò a casa. Però se ci arrivo, ti faccio sapere. E tu saprai che tra qualche anno il piccolo manovratore lo puoi mandare a studiare in Svizzera.»

«E che ci viene a fare, a scuola in Svizzera?»

«Magari diventa ingegnere e costruisce il famoso ponte.»

«No, no, per carità. Se vuole studiare, studierà. Ma il ponte, qui, meglio di no. Ce ne sono di ponti da fare, nel mondo.»

Florian accese la motocicletta di Ramiro e pensò ancora una volta all'assicurazione in Svizzera, che l'aveva pagata e aveva finanziato tutta la sua illusione di un riscatto imprenditoriale in Amazzonia. Fece un cenno a Carlinhos, che già si era steso a terra a fare lo svenuto in attesa di passeggeri da quel lato della strada, e con lo zaino in spalla si preparò a proseguire lungo la Transpacífica.

Guardò l'orologio: ormai mancavano pochi minuti. Decise di aspettare.

Cinque. Quattro. Tre. Due. Uno.

Un'esplosione, in lontananza, dall'altro lato del fiume,

gli confermò che il timer collegato al generatore diesel aveva funzionato come doveva, con precisione svizzera. Della "sua" segheria, ai Boliviani, non sarebbe rimasto niente. Non le macchine, non il capannone, non i trucchi più eleganti per nascondere la coca. E neanche i soldi. Spense la moto. Camminò fino al bordo della chiatta. Sotto lo sguardo curioso di Carlinhos, lanciò la chiavetta coi documenti e le criptovalute verso il centro del fiume. Aveva vinto una vita nuova, per pura fortuna. L'avrebbe vissuta senza legami con quella di prima – che, se non fosse stato per Carlinhos, si sarebbe conclusa già da un quarto d'ora abbondante. Risalì sulla motocicletta e partì. Le fiamme, dietro le colline alle sue spalle, illuminavano di giallo una notte senza luna.

Epilogo

Mailson da Silva gli sterrati della regione li conosceva bene. Quelli di Rondônia, quelli del Mato Grosso, e naturalmente quelli di là dalla frontiera, in Bolivia.

Il capo aveva insistito: «Sei la persona ideale per questo lavoro.» E quindi si era iscritto, col suo pick-up, in un programma sperimentale di consegne a domicilio in aree remote. Il commercio elettronico era arrivato anche nella foresta, finanziato a perdere da fiumi di capitali di rischio in cerca di crescita a tutti i costi.

«Ma non pagano un cazzo, rispetto a quello che facciamo col contrabbando!» aveva provato a obiettare.

«E chi se ne frega di quanto pagano. A noi ci servono solo i volumi. Così tra una cassa e l'altra ci mettiamo quello che conta, e possiamo usare le strade asfaltate, dove ci sono, invece degli sterrati. Con quello che risparmiamo di benzina, le loro stronzate le possiamo consegnare anche gratis.»

Arrivò al punto di attraversamento del fiume alla fine di un giro tra villaggi remoti e occupazioni illegali di terre pubbliche, tutte con il loro bravo indirizzo e codice di avviamento postale. Ultimo pacco da consegnare, la chiatta si muoveva lentamente verso di lui, chissà se sarebbe tornato in città in tempo per la cena. Mailson osservò distrattamente la chiatta che attraccava, due camion carichi di legnami che scendevano e proseguivano nella direzione da cui lui era arrivato, e il manovratore che si accendeva una sigaretta. Mise in moto e imbarcò il pick-up. Aprì il finestrino e chiese aiuto, perché l'indirizzo di consegna era abbastanza improbabile perfino per lui.

«Piccolo manovratore Josué, sterrato a sinistra del chilometro 382, Transpacífica. Ma si può?»

«Lo lasci pure a me. Dov'è che devo firmare?»

«Guardi che è pesante, sono dodici chili.»

«Lei non si preoccupi. Lo metta qui accanto alla cabina.»

Mailson posò lo scatolone accanto alla cabina.

«Allora non ho bisogno di attraversare. Questa era l'ultima.»

«Niente per Araxá do Oeste?»

«Oggi niente.»

«E allora ci risparmiamo tutti e due. Lei, tempo. Io, gasolio. Però le devo dare un pacco da Araxá per Zurigo.» Aprì la cabina di manovra, prese un piccolo pacchetto incartato ed etichettato, lo porse al camionista.

«Il formulario doganale l'hanno già riempito?»

«Sì, guardi, mittente Paulo Kowalski Legnami, destinatario signora Maria Eduarda Keller presso il Consolato generale del Brasile a Zurigo, contenuto campionario senza valore commerciale, peso chilogrammi tre.»

«A posto, lo porto al centro distribuzioni domani mattina.» Mailson mise il pacchetto sul sedile accanto a quello di guida, salutò il manovratore e ingranò la retromarcia.

Carlinhos guardò il pick-up, così simile a quello che giaceva sul fondo del suo fiume, sbarcare a marcia indietro, fare inversione e allontanarsi di nuovo in direzione Porto Velho. Mentre aspettava un altro passeggero, lacerò l'imballaggio del pacco indirizzato a suo figlio con il becco della chiave a pappagallo, prese una delle tavolette di cioccolato svizzero e ne assaggiò un pezzetto.

A novemilatrecentoventotto chilometri di distanza, in Olgastrasse, Duda e Lukas stavano offrendo un'identica tavoletta di cioccolato, dopo cena, ai loro ospiti. Florian ne staccò un pezzo piuttosto grande. A duemilaottocentoventuno chilometri di distanza, nel giardino lussureggiante di Donato Abreu, si celebrava il lancio di una marca di cioccolato brasiliano ecosostenibile, tra gli applausi entusiasti di architetti in giacca pervinca e gli appunti svogliati del giornalista Everton Barros.

Stampato da
Rotolito S.p.A., Pioltello (MI)
per conto di Marsilio Editori® in Venezia

«Farfalle Marsilio»
Periodico mensile n. 394/2024
Direttore responsabile Giuseppe Lupo
Registrazione n. 1334 del 15.06.1999
Tribunale di Venezia
Registro degli operatori di comunicazione-ROC n. 6388

EDIZIONE	ANNO
10 9 8 7 6 5 4 3 2 1	2024 2025 2026 2027 2028